匙河集

〔美〕马斯特斯 著

凌越 梁嘉莹 译

人民文学出版社

图书在版编目(CIP)数据

匙河集/(美)马斯特斯著;凌越,梁嘉莹译.—
北京:人民文学出版社,2017
(巴别塔诗典)
ISBN 978-7-02-012767-2

Ⅰ.①匙… Ⅱ.①马… ②凌… ③梁… Ⅲ.①诗集-
美国-现代 Ⅳ.①I712.25

中国版本图书馆 CIP 数据核字(2017)第 099924 号

责任编辑　卜艳冰　何家炜
装帧设计　高静芳

出版发行　人民文学出版社
社　　址　北京市朝内大街 166 号
邮政编码　100705
网　　址　http://www.rw-cn.com

印　　刷　山东临沂新华印刷物流集团
经　　销　全国新华书店等

开　　本　889×1194 毫米　1/32
印　　张　14.5
插　　页　5
字　　数　120 千字
版　　次　2017 年 8 月北京第 1 版
印　　次　2017 年 8 月第 1 次印刷

书　　号　978-7-02-012767-2
定　　价　66.00 元

如有印装质量问题,请与本社图书销售中心调换。电话:010-65233595

目录

马斯特斯：生活包围着我　凌　越　_1

山岗　_1
霍特·帕特　_4
奥利·麦克吉　_5
弗莱切·麦克吉　_6
罗伯特·富尔顿·坦纳　_8
卡西乌·休弗　_10
萨帕塔·梅森　_11
阿曼达·巴克　_12
康斯坦斯·海特莉　_13
蔡斯·亨利　_14
哈利·凯里·古德休　_15
萨默斯法官　_17
金西·基恩　_18
本杰明·潘尼特　_20
本杰明·潘尼特太太　_21

_2

鲁宾·潘尼特 _23
艾米莉·斯帕克斯 _25
药剂师特雷纳 _27
黛西·弗雷泽 _28
本杰明·弗雷泽 _30
密涅瓦·琼斯 _32
"愤怒"琼斯 _33
"大老粗"威尔迪 _35
梅耶斯医生 _37
梅耶斯太太 _38
诺尔特·荷黑马 _39
莉蒂亚·帕克特 _40
弗兰克·杰姆尔 _41
黑尔·杰姆尔 _42
康莱德·西瑞尔 _44
希尔大夫 _46
守夜者安迪 _47
莎拉·布朗 _49
珀西·比希·雪莱 _50
弗洛西·卡班尼斯 _52
茱莉亚·米勒 _54
强尼·沙耶 _55

查理·弗伦奇 _56

泽纳斯·维特 _57

诗人希欧多尔 _58

镇警察局长 _59

杰克·麦克奎尔 _60

雅各布·古德帕斯丘 _62

多卡丝·加斯廷 _64

尼古拉斯·班度 _65

哈罗德·阿尼特 _66

玛格丽特·富勒·斯拉克 _68

佐治·特林布尔 _70

西格弗里德·伊斯曼医生 _71

"爱司"肖 _73

洛伊斯·斯皮尔斯 _74

阿尼特大法官 _75

威拉德·福禄克 _77

亚乃·克卢特 _79

卢修斯·阿瑟顿 _81

荷马·克拉普 _82

迪肯·泰勒 _84

山姆·胡奇 _85

库尼·波特 _86

小提琴手琼斯　_87

内莉·克拉克　_89

露易丝·史密斯　_90

赫伯特·马歇尔　_91

佐治·格雷　_92

亨利·贝内特阁下　_93

制桶工人格里菲　_94

牙医塞克斯史密斯　_95

艾·迪·布莱迪　_97

罗伯特·索西·伯克　_98

朵拉·威廉姆斯　_100

威廉姆斯太太　_102

威廉和艾米莉　_104

巡回法官　_105

瞎子杰克　_106

约翰·贺拉斯·伯莱森　_107

南茜·克纳普　_108

巴利·霍顿　_110

州检察官法拉斯　_112

温德尔·辟·布劳埃德　_113

弗朗西斯·透纳　_115

富兰克林·琼斯　_116

约翰·艾姆·丘奇 _117

俄罗斯人索尼娅 _118

伊沙·纳特 _120

巴尼·汉斯费特尔 _122

佩蒂特,一个诗人 _123

宝琳·巴雷特 _125

查尔斯·布利斯太太 _127

乔治·里斯太太 _129

莱缪尔·威利牧师 _130

小托马斯·罗兹 _131

艾布纳·彼特牧师 _133

杰佛逊·霍华德 _134

西拉·莱夫利法官 _136

艾伯特·斯彻丁 _138

乔纳斯·基恩 _139

尤金妮亚·托德 _140

包仪 _141

华盛顿·麦克尼利 _142

保罗·麦克尼利 _144

玛丽·麦克尼利 _146

丹尼尔·艾姆·坎伯 _148

乔尔妗·桑德·迈纳 _150

托马斯·罗兹　_152

艾达·奇肯　_153

艺术家盆尼维特　_154

吉姆·布朗　_155

罗伯特·戴维森　_157

艾尔莎·沃特曼　_159

汉密尔顿·格林　_161

欧内斯特·海德　_162

罗杰·赫斯顿　_163

阿摩司·西布利　_164

西布利太太　_165

亚当·魏劳赫　_166

以斯拉·巴特利特　_168

艾米莉·亚加里克　_169

约翰·汉考克·奥蒂斯　_171

安东尼·芬德莱　_172

约翰·卡巴尼斯　_174

无名氏　_176

亚历山大·斯罗克莫顿　_177

乔纳森·斯威夫特·萨默斯　_178

寡妇麦克法兰　_180

卡尔·汉布林　_182

温登编辑 _184

尤金·卡曼 _186

克拉伦斯·福西特 _188

W.洛伊·盖瑞森·斯坦德 _190

新来的教授 _192

拉尔夫·罗兹 _193

米奇·艾姆·格鲁 _195

萝西·罗伯茨 _196

奥斯卡·胡默尔 _197

约西亚·汤姆金斯 _199

罗斯科·帕克派勒 _201

帕克派勒太太 _203

凯斯勒太太 _204

哈蒙·惠特尼 _206

伯特·凯斯勒 _208

兰伯特·哈钦斯 _210

莉莲·斯图尔特 _212

霍顿斯·罗宾斯 _214

巴特顿·多宾斯 _215

雅各布·戈比 _217

沃尔特·西蒙斯 _219

汤姆·比提 _221

罗伊·巴特勒 _223

瑟西·富特 _225

埃德蒙·波拉德 _227

托马斯·特里维廉 _229

珀西瓦尔·夏普 _231

海勒姆·斯凯茨 _233

法勒·梏格 _235

捷杜森·霍利 _236

亚伯·梅尔文尼 _238

奥克斯·塔特 _240

艾略特·霍金斯 _242

伏尔泰·约翰逊 _244

英吉利·桑顿 _245

伊诺克·邓拉普 _247

艾达·弗里克 _249

赛斯·康普顿 _251

菲力克斯·施密特 _253

渔夫切斯特 _255

理查德·博恩 _256

赛拉斯·德门特 _258

狄拉德·西斯曼 _260

乔纳森·霍顿 _262

依·C.卡伯特森 _264

萨克·戴伊 _266

希尔达拉普·塔布斯 _268

亨利·特里普 _270

格兰维尔·卡尔霍恩 _272

亨利·C.卡尔霍恩 _273

阿尔弗雷德·莫尔 _275

佩里·卓尔 _277

验光师迪波尔特那 _278

马格瑞蒂·格林汉姆 _280

阿奇博尔德·希格比 _282

托马斯·梅里特 _284

梅里特太太 _285

埃尔默·卡尔 _287

伊丽莎白·蔡尔德斯 _288

伊蒂丝·柯南特 _290

查尔斯·韦伯斯特 _292

神父马洛伊 _294

阿米·格林 _296

卡尔文·坎贝尔 _297

亨利·莱顿 _298

哈伦·休厄尔 _299

伊波利特·科纳瓦罗夫　_301

亨利·菲普斯　_303

哈利·威尔曼　_305

约翰·沃森　_307

很多士兵　_309

戈德温·詹姆斯　_311

莱曼·金　_313

卡罗琳·布兰森　_314

安妮·拉特利奇　_317

哈姆雷特·米丘尔　_318

梅布尔·奥斯本　_320

威廉·艾屈·赫恩登　_322

丽贝卡·沃森　_324

卢瑟福·麦克道尔　_326

汉娜·阿姆斯特朗　_328

露辛达·马特洛克　_330

戴维斯·马特洛克　_332

赫尔曼·奥特曼　_334

珍妮·艾姆·格鲁　_336

哥伦布·采尼　_337

华莱士·弗格森　_338

玛丽·贝特森　_340

田纳西·克拉夫林·肖普 _341

普利茅斯·洛克·乔 _343

伊曼纽尔·厄恩哈特 _346

塞缪尔·加德纳 _348

道·克里特 _350

威廉·琼斯 _351

威廉·古德 _353

杰·弥尔顿·迈尔斯 _354

费思·马西尼 _355

斯科菲尔德·赫胥黎 _357

威利·梅特卡尔夫 _359

威利·彭宁顿 _361

村里的无神论者 _362

约翰·巴拉德 _364

朱利安·斯科特 _366

阿方索·邱吉尔 _367

吉尔法·马什 _368

詹姆斯·加伯 _370

莉蒂亚·汉弗莱 _372

勒·罗伊·高德曼 _373

古斯塔夫·李希特 _374

阿尔洛·威尔 _376

上校奥兰多·基利昂 _378

杰里米·卡莱尔 _380

约瑟夫·狄克逊 _382

贾德森·斯托达德 _384

罗素·金凯德 _385

亚伦·哈特菲尔德 _387

以赛亚·贝多芬 _389

以利亚·布朗宁 _391

韦伯斯特·福特 _393

匙纪 _395

终曲 _410

马斯特斯：生活包围着我

凌　越

在某种意义上，《匙河集》可以说是马斯特斯的代名词。作为一名成功的律师和勤奋的业余作家，马斯特斯在1950年八十一岁的年纪上辞世的时候，一共出版了五十本书，包括多卷诗集、若干剧本、一部自传（《匙河对岸》）、多本传记（包括《林肯其人》）、五本小说，还有一部试图重温其巨大成功的续篇《新匙河集》，但真正能流传后世的只有一本《匙河集》，而他也将因为这本诗集，作为再现一座美国中西部小城风情的作家而为后人铭记。这样的作家形象看起来对其后的不少美国作家有一种奇特的吸引力，虽然没有直接证据，但我感觉舍伍德·安德森的《小城畸人》应该受到《匙河集》的影响，两者都聚焦于美国中西部小城里形形色色的小人物，都试图揭开日常生活裹挟在普通人身上的伪装，去真实呈现卑微的小人物的理想和宿命，欢乐与悲伤。从出版时间上看，《小城畸人》首版于1919年，《匙河集》首版于1915年，而后者一经出版即风行一时多次再版，有着相似的小城生活经历的安德森应该看过此书,并从中受到启发和激励。而福克纳用十九部长篇和一百二十多篇短篇小说虚构的约克纳帕塔法县,则将这一类美国中西部小城故事推向极致,福克纳从安德森那里沿袭而来的创作手法,也已经是众所周知的事情了。也就是说,《匙河集》开辟了美国文学中的一个小小的传统,那种相对封闭的地理区域,形形色色小人物的众生相,人物之间错综复杂的关系,立足于本地却奋力触及永恒主题的野心,都已经深深打上"美国文学"的印记,而其中较古老的一只脚印应该来自于《匙河集》。

马斯特斯将诗集里虚构的小城命名为匙河,但它的原型很可能是伊利诺伊州的刘易斯敦,他曾到那里进父亲的法律事务所学习法律,并在迁居芝加哥以前在那里执业一年。小城生活经历显然给马斯特斯留下难以磨灭的印象,早在1906年马斯特斯就曾向他父亲谈及写小说的计划,试图反映小城的律师、银行家、商人、牧师及好色之徒在本性上相同的主题,这部小说没写成,但那个想法却时常萦绕着马斯特斯,为诗集《匙河集》的诞生奠定了思想和经验基础。1914年5月,诗人母亲来芝加哥看他,母子俩聊起往事,回忆起他们曾经住过的小城刘易斯敦和彼得斯堡两地的奇闻趣事,无意间触发了他的灵感,从5月到12月马斯特斯一鼓作气创作了二百一十四首墓志铭形式的短诗。诗人一开始并没有对自己随手写下的这些以"逗趣"为目的的小诗当回事（这种创作心态大概也是整本《匙河集》语调轻松自然，少有斧凿痕迹的一个原因），但是随着这些墓志铭诗在杂志上的陆续发表，竟然立即引起读者和诗坛的热烈反响。次年，这些诗在当时著名的文学赞助人哈里特·门罗的帮助下得以出版，题名《匙河集》，不久又经过扩充，1916年出版修订本，收诗二百四十余首。

整部《匙河集》除了第一首序诗《小山》和最后两首具有总结意味的长诗，其他二百多首诗都是以匙河的墓中死者自述口吻写成的墓志铭。这使《匙河集》立刻获得了一种众生喧哗的印象，而且由于是墓志铭，说话的死者都很直率，恰恰是日常生活中被他们紧紧守护的秘密，成为他们在墓志铭中倾吐真情的谈资。这些秘密主要是一些深埋在日常生活和谐表象之下的故事，人们或者尔虞我诈或者沮丧厌世或者通奸作恶，总之都是一些令人瞠目结舌大跌眼镜的事情。这些墓志铭共同组成了一部对一个日益衰落的乡镇生活的冷峻评论，揭露了这种生活的虚伪以及对正直和诚实等正面品质的败坏能力。

从主题看，《匙河集》很像某些"批判现实主义小说"，好在它是一部诗集，那么它的优异之处也主要体现在它的形式上。墓志铭要求的是精炼，一般都在十行以内，顶多十几行，否则得要多大一块大理石才能容得下滔滔不绝的自述啊，而且自述者谈论的往往是自己一生中最为纠结念念不忘的事情，两百多个人生所发生的那些最稀奇古怪的事情，很自然地使这些诗作规避了通常诗歌最容易犯的毛病——空洞、言之无物。对于盯着细枝末节作无病呻吟状的诗歌，马斯特斯在《佩蒂特，一个诗人》里做了正面嘲讽，《匙河集》里写到好几位小镇诗人，但是只有在这首诗里，马斯特斯正面谈到诗歌观念，这是《匙河集》里少有的一首元诗歌，在很大程度上反映出马斯特斯自己的诗观，对理解整部《匙河集》有重要提示：

犹如干豆荚里的籽，滴答，滴答，滴答，
滴答，滴答，滴答，犹如螨虫在争吵——
犹如那微风完全苏醒过来的微弱的抑扬格体诗歌——
但是松树由此演奏了一出交响乐。
八行二韵诗，田园诗，十四行诗，二韵叠句短诗，
由陈词滥调的节奏所谱写的叙事诗：

> 昨日的雪和玫瑰都销声匿迹了；
> 爱情是什么？除了一朵褪色的玫瑰。
> 在村子里生活包围着我：
> 悲剧、喜剧，豪迈和真理，
> 勇气，坚贞，英雄主义，失败——
> 全都赫然耸现，那是怎样的图景啊！
> 森林，草地，小溪和河流——
> 我的全部人生无视这一切。
> 八行二韵诗，田园诗，十四行诗，二韵叠句短诗，
> 犹如干豆荚里的籽，滴答，滴答，滴答，
> 滴答，滴答，滴答，多么微妙的抑扬格体诗歌，
> 当荷马和惠特曼在松林里放声歌唱？

"在村子里生活包围着我"这句是对诗歌主题的强调，之后列举出的一长串词汇——悲剧、喜剧、豪迈、真理、勇气、坚贞、英雄主义、失败——的确是马斯特斯在《匙河集》里予以特别关注的主题，与此相对应的则是对"微妙的抑扬格体诗歌"的讥讽，这些纤细敏感的诗歌在马斯特斯眼里犹如"干豆荚里的籽"，发出轻微的"滴答"声，"犹如螨虫在争吵"。

这里连续两个比喻都是负面的，体现出马斯特斯对于这类诗歌的轻蔑，他所推崇的则是"在松林里放声歌唱"的荷马和惠特曼。从整部《匙河集》来看，马斯特斯的调门虽然没有惠特曼那么高——他所擅长的其实是语调低平地娓娓道来，但是直率地谈论人生中重要事情的姿态则和惠特曼接近，对于诗歌中戏剧冲突的强调则可以看到荷马的影子。

对于经典诗人的影响，马斯特斯有一位更重要的在诗集中并未提及的导师——罗伯特·勃朗宁，为了克服比他稍早的浪漫主义诗人过度主观性的空洞，勃朗宁将戏剧中比较激越的独白部分从戏剧故事的冗长累赘中抽离，发展出一种更为客观鲜明的诗歌风格。勃朗宁曾经描述过这种诗歌："虽然经常是抒情性的表达，但总有着戏剧性原则，众多的言词表达出自众多想象的人物，而不是我自己的话语。"对此，马斯特斯一定非常认同，而且这显然也奠定了《匙河集》诗歌风格的基础。马斯特斯在诗集中之所以敢于粗率地使用"我"这个其他诗人颇为忌讳的人称代词，是因为在《匙河集》中"我"已然异化，是众多人物的化身，"我"已从一般诗人自恋的标识变身为深入他者灵魂的探针，可以便利地出入于人物外部的经历遭遇和内部细微纠结的情感。这也是为什么致力于戏剧独白的诗人需要一个外在面具的原因，那是想象力得以飞升的跳板，诗人借助于它才能在他人的世界尽情遨游，并洞悉他人生活和灵魂的秘密。另一方面，诗人似乎也只能通过这种迂回的方式得以更清楚地了解他自己，而过于沉溺于诗人自己的主观视角，不仅显得自恋而且很容易失真。

《匙河集》的独特性还在于它是一部罕见的有着缜密结构的诗集，一般来说诗人的个人诗集往往就是这位诗人的作品合集而已，并不需要主题上的一致性，但是《匙河集》描述的是小镇上生活的芸芸众生，在他们各自述说的故事中难免会和他人发生瓜葛。比如：霍特·帕特因为艳羡比尔·皮尔绍生财有道，而去在丛林里抢劫游客，结果失手将游客杀死，被判绞刑后其坟墓又和皮尔绍的挨在一起；自视甚高的萨默斯法官对自己的坟墓没有墓碑愤愤不平，而蔡斯·亨利——那个小镇上的酒鬼，"骨灰罐上反倒矗立着大理石墓碑"；鲁宾·潘尼特在自己的墓志铭中倾诉对于自己中学老师艾米莉·斯帕克斯的爱，而斯帕克斯则在下一首墓志铭中对潘尼特的爱给予热烈的回应，"那个我所有学生里我最爱的男孩"；黛西·弗雷泽则在诗中抱怨温登编辑、巡回法官、彼特牧师和西布利牧师道德上的败坏，从而为自己的吝啬做自我辩护。

诸如此类的例子在《匙河集》中比比皆是，人物之间错综复杂的关系将诗集里的诗作很自然地串联为一个整体，因此《匙河集》的张力不仅来自于语言本身，也来自于人物之间的关系，或者说后者强化了整本诗集的张力。应该说，这种魅力几乎是《匙河集》所独有的，其他诗人的作品，哪怕勃朗宁篇幅更长的戏剧独白体诗歌，每一首就是一个自在自为的世界，诗歌的声音随着最末一行的结束也就随之销声匿迹，他的手段再高超也只能在一首诗的范围内一较高下。而《匙河集》里每首诗的因子则可能潜藏在诗集的任何地方，每首诗都有可能因埋伏在别处因子的激发而获得重生——当某个暧昧不明的伏笔在另一首诗里豁然开朗，再回过头来看之前的那首诗作，你会获得非常不一样的感受，这显然增加了诗作本身的维度和魅力。因此，就每首诗而言，马斯特斯写得并不费力，他信手拈来，一个个生动的人物形象却跃然纸上，这很大程度上得力于诗集内部每首诗的相互提携。一些悬念是通过让一个人物提到某个在后面的墓志铭中将进一步展开的人或事件而制造的，这通常是小说惯用的手法，马斯特斯将其运用在诗集里，的确堪称别开生面。

《匙河集》里隐含着十七条故事线索，比较核心的是经理托马斯·罗兹打理的银行的倒闭，以及引起的一系列连锁反应。诗集里至少有十几首诗提到托马斯·罗兹和他儿子拉尔夫·罗兹：大老粗威尔迪在工作中被火烧伤，罗兹的儿子虽然拥有那家工厂，但是却买通法官，将责任推给一个威尔迪根本不认识的人，从而得以逃避赔偿的责任；杰克·麦克奎尔虽然用枪击毙罗根警长，但是因为他的律师同时正在帮老托马斯·罗兹的银行倒闭打官司，律师动用罗兹和法官的关系使麦克奎尔逃脱死罪，只是被判了十四年徒刑；八个孩子的父亲巴里·霍顿因为将农庄抵押给托马斯·罗兹而陷入困境，因为厌倦怀孕妻子的牢骚而将妻子砍死；乔治·里斯太太则为自己在银行做出纳的丈夫成为银行倒闭的替罪羊而不满，她认为罪魁祸首正是托马斯·罗兹和他虚荣的不择手段的儿子；尤金·卡曼则因为自己对主人托马斯·罗兹唯命是从而深感羞愧和自责，如此等等。从托马斯·罗兹在诗集中出现的次数，我们就知道这是《匙河集》里的重要人物，但是从诗集中归纳出一个流畅完整故事的企图也是不切实际的，因为很简单，马斯特斯很明确自己在写一部诗集，那么语言和情感将是他首先考虑的事情，而故事情节作为一个背景置于诗句的远景中也就够了，如此，情节和语言各就其位，而诗将从这两者健康的关系中获益——试想一下，诗人如果在诗中纠结于描述一个个完整的故事，那将是一幅怎样可怕的场景，保证故事流畅的情节链条将摧毁诗歌天生的跳跃性的步伐和舞步。

因此，《匙河集》虽然有十几条故事线索，但马斯特斯没有将其条理化、清晰化，每首诗之间固然可能会有联系，但是诗人也没有试图将每首诗的位置固定下来，除了第一首《小山》和最后两首诗有明确的统领和总结的意味，其他诗作在诗集中的位置有一定随意性，很可能只是简单地以诗人写作的时间先后为序的。那么，为了凸显诗与诗之间的关联性，马斯特斯习惯将两首相关的诗作排在一起以强调两者之间的对话性。但是和戏剧里的对话不同，《匙河集》里的两首关联性很强的诗，哪怕是两首夫妻的墓志铭，也并不是彼此的听众，它们实质上都在面向读者和公众说话，而这两人之间仿佛竖立着一堵高墙，这堵墙的存在使他们面向大众的话语更加直接和坦率，很多时候后一首诗作往往在揭露前一首的谎言，而诗作内部的嘲讽意味则更形强烈。比如：当本杰明·潘尼特刚刚以哀伤的语气在前一首里，抱怨自己被妻子赶到办公室后面肮脏昏暗的房间生活，紧接着本杰明·潘尼特太太就在后一首里予以揭露：

> 但想象你是一位女士，具有雅致的品位，
> 讨厌威士忌及洋葱的味道，
> 以及华兹华斯的"颂诗"节奏跑到你耳朵里。
> 当他从早到晚都这样
> 重复着那些微不足道的小事；
> "噢，为什么人类的精神就应该值得自豪？"
> 然后再这样想象一下：
> 你是一位有着优越天赋的女人，
> 只有和这个男人，法律和道德
> 允许你们拥有婚姻关系
> 一个如此令你作呕的男人
> 每次你这样想想——当你这样想
> 当你每次见到他的时候？
> 这就是为何我赶他离开家
> 让他和他的狗生活在一个昏暗肮脏的房间里
> 在他的办公室后面。

如果说潘尼特夫妇是我们在生活中不难碰见的相互嫌恶的夫妻的话，梅耶斯医生和他太太则是同气相

求的夫妇,梅耶斯医生在诗里说他倾尽全力拯救女诗人密涅瓦,但失败了,因此遭到控告和报纸的羞辱,夫妇俩饱受压力而相继辞世。在后一首诗里,梅耶斯太太就起身为自己的丈夫辩护:

> 他用他的一生抗议
> 报纸恶棍般散布关于他的谎言;
> 对于密涅瓦的堕落,他并没有错,
> 只是试图尽力去帮助她。

马斯特斯对于帕克派勒夫妇的讥讽则更加溢于言表。帕克派勒是那种典型的自我感觉良好的男人:"她爱我。噢,她多爱我。"在他不无得意的自述中,他太太完全不能离开他,他私奔出去一年,随随便便撒个谎就可以蒙混过关:

> 我告诉她当我乘坐一艘划艇时,
> 在范布伦街附近被密歇根湖的海盗俘虏了,
> 被锁链锁住,所以我不能给她写信。

而他太太则哭着吻她,对他所受到的磨难充满怜悯之情。可是在接下来的一首诗中,帕克派勒太太在墓志铭中袒露心声，原来她对自己丈夫的把戏完全了然于胸，甚至也知道自己丈夫在和女帽制造商威廉姆斯太太偷情，只是为了维系婚姻不予点破不事声张而已：

> 但是承诺就是承诺
> 婚姻就是婚姻，
> 出于对我拥有的角色的尊重
> 我拒绝卷入一场丈夫计划的离婚事件中。

这三对夫妇每一对夫妇的诗相互之间都有很强的互文关系，后一首妻子的诗对前一首丈夫的诗或是强化或是揭露，也就是说你只有读到后一首妻子的诗时，才能准确了解前一首里的措辞到底是何含义，才能准确了解作者本人的态度，前一首中那些摇摆不定的情绪才可能落到实处。这样处理无疑增加了诗作的悬念，刺激了读者的好奇心，并且当心中疑问在随后的诗作中解开时，会有一种识破秘密的小小喜悦。

因为众多人物的存在，以及人物之间错综复杂的关系，整本《匙河集》有很强的戏剧性，但和通常的戏剧不同的是，马斯特斯并不用费心去经营一个故事，串联出符合逻辑的情节。这固然会影响诗集探索人类灵魂的深度，但是却为自身赢得某种难得的自由，换言之，马斯特斯可以完全沉浸在形形色色人物内在的灵魂之中，而情节在赋予这些诗作硬朗质地的同时，并没有束缚人物跳跃的思绪和语言自由的联想。马斯特斯免去了陈述完整故事的累赘，和通常的戏剧相比，《匙河集》情节和语言的高潮更为密集，因此这本诗集的魅力主要来自于抒情诗短促又直接的鼓点，而不是戏剧情节起承转合的幽微和曲折。

《匙河集》侧重对阴暗面的描写——堕胎、自杀、通奸、栽赃，等等，这无疑使整本诗集沾染了灰色的基调，可是如果读者时刻谨记这些诗作都是以人物死后的口吻叙述出来的，一种穿透日常虚饰性礼节的揭露语调几乎就是必然的——人世的基调原本就是灰色的，只要你是诚实的人，就不会否认这一点。想想我们自己的生活吧，哪怕是现在哪怕是在蓝天晴日下，稍有阅历的人都知道，谎言、欺骗和罪恶依然无时不刻地在生活的版图上占据并扩张着自己的地盘，因此就这些恒在的主题而言，《匙河集》是一本不会过时的诗集，那两百多个原本陌生的名字，至少其中的一部分将会随着我们的阅读变得熟悉和生动起来，变成我们身边的张三和李四。

《匙河集》的生命力还体现在和现代诗歌思潮的

暗合上，之所以说是"暗合"，是因为马斯特斯对和自己同时代的现代诗歌的领军人物庞德和艾略特并不买账。庞德开始时喜欢《匙河集》，并热心建议马斯特斯要浓缩和精炼诗句，但马斯特斯拒绝按他的标准加以修改，因此使他感到不快。艾略特对马斯特斯持冷淡态度，马斯特斯同样对艾略特也不以为然，批评"他们没有原则，没有个性，没有道德规范，没有根"。但在几个重要的形式上，《匙河集》又是和其后逐渐兴起的现代派诗歌不谋而合，只是对于马斯特斯来说，他首先考虑的并非形式创新，而是忠实于人物的生活环境和内在的灵魂。这个进入诗歌的入口显然和庞德、艾略特他们立足于诗歌创新的入口不一样，但是当马斯特斯全神贯注于小镇上那两百多个小人物的生活时，《匙河集》的主题范围得到极大拓展，传统诗歌的爱情婚姻生死等主题固然为《匙河集》所关注，但是小镇的社会政治生活也很自然进入马斯特斯的视野。一般来说，法官、律师、洗衣工、药剂师、警察局长、水手等职业人士是很难进入传统抒情诗领域的，因为传统抒情诗人对于自己声音的执着，使他们很难进入他者的生活和世界，而马斯特斯采用最典型的现代诗歌手法——戏剧化（当然得再次强调马斯特斯并不是首先考虑这个因素，只是下意识地运用了这一手法,这种对形式感的相对迟钝,大概也是马斯特斯在《匙河集》之后难以再创杰作的一个原因),使他得以顺利潜入他者的生活和灵魂,并顺便更新了自己诗歌的词汇表。

对于诗歌词汇表的关注,大概也是更关注碎片式技术的现代诗人的一个发现,波德莱尔早就讲过,观察一个诗人的简单方法,就是看他的诗歌里那些最常出现的词,后来布罗茨基也在文章中提到诗歌里的那些名词将构成一个诗人的基本质地,其潜台词则是名词词汇量越少的诗人很可能就越贫乏无味。另一方面,美国现当代诗人对于"具体性"的共同追求,则是波德莱尔和布罗茨基发现的一个变体——要想具体,自然是词汇越多越准确越好。按照这个标准,《匙河集》显然是令人羡慕的,打开诗集,新鲜准确的词汇比比皆是,而且并没有后来的现代派诗人有意驱赶某个冷僻的词语进入诗篇的生硬和别扭(这大约也是批评观念先行的一个弊病)。诸如起重机车、制桶工人、浴盆、女帽制造商、四轮马车、短柄斧、蚯蚓、钢质产钳、猩红热、干豆荚、水磨坊、报摊等词汇(都是从《匙河集》中随意找出的),大概很难在另一本诗集里同时找到,这些都是传统抒情诗人不太常用甚至很少用的"非诗性"词汇,但它们都非常熨帖地出现在《匙河集》中，是由人物的生活和活动自然涉及的，那么作为一个标识，我们也就可以感受到《匙河集》是一本现代感十足的作品，对于它经久不衰的生命力也就不难理解了。与这些词汇相对应的，则是马斯特斯对于社会生活关注的广度，可能是因为马斯特斯自己的律师身份，《匙河集》里有不少诗篇涉及法官办案、律师辩护、议会竞选等内容，很难说这些诗作都很出色，甚至可以说这部分诗作是《匙河集》较少为人注意的，但是如果没有它们，《匙河集》描述的美国中西部小镇生活就将缺乏完整性，就将被那些爱情婚姻家庭主题的诗作带回到浪漫主义诗歌的自留地。

　　无论从主题还是形式看，《匙河集》都是一部现代感十足的作品，虽然总体而言，诗集里大量的生活大量的故事情节在夯实诗集质地的同时，在更高的意义上也对词语伸向虚空的神秘性的努力形成某种障碍。也就是说《匙河集》可能还缺乏最顶尖诗人参透生活的深度，还缺乏解放词语内在力量的主动意识。但无论如何，马斯特斯在《匙河集》中找到了一种轻松的口语化的语调，并以这种貌似简单的语调为武器，尽力拓展着世俗生活的疆域，他知道这冒险开辟出来的疆域，其广度和物象的丰富也决定着他自己诗歌的广度和丰富性。应该说，马斯特斯在《匙河集》中达到了预期目的，这是一部具备历史感的有魅力的诗集，而且时间越久，越是可以清楚地看到这一点。

致谢。我要感谢翻译合作者我妻子嘉莹，如果不是她对于英语本身的强烈兴趣，我不会想到去完整地翻译这本诗集，尽管我对它的好奇心已经持续了二十年之久，并在十年前试着翻译过其中的几首。在翻译过程中，通常嘉莹翻译第一稿，我则在她的译稿基础上再就疑点和难点核对原文，调整中文语感。我们有时一起在咖啡馆工作，有时就在家里的书桌和餐桌上工作，现在回想起来都是难以言喻的美妙时光，伴随着阳光、树影、明亮的空气和我们的孩子小熊的牙牙学语。感谢何家炜，去年夏天在收到《匙河集》初译稿几天后，就以敏锐的嗅觉迅速决定将此书列入他主持的出色的《巴别塔诗典》，这使我们深受鼓舞。最后要感谢我的老友——诗人、翻译家黄灿然，不仅是因为在翻译的尾声阶段，灿然帮助我们解决了几个棘手的问题，而且我获得的第一本英文版《匙河集》就是灿然十几年前送给我的。当我的眼光无数次在书架上看到它雅致的封面和书脊时，这种打量本身也在无形中种下了翻译此书的因子。一直以来我主要阅读的多是翻译书籍，并对许多翻译家的无私奉献（翻译稿酬一直很低）心存感念，但是只有当自己在做翻译时才切身体会到翻译工作的不易。这是注定无法达致完美的工作，但就像纯诗理念一样，它值得我们去为之付出我们的心血——带着永恒的遗憾。

2017年2月17日于广州

山　岗

埃尔默、赫尔曼、伯特、汤姆和查理在哪儿？
意志薄弱者，强壮的军人，小丑，酒鬼，战士，
所有人，所有人都长眠在山岗上。

一个死于高烧，
一个在矿井中烧死，
一个在监狱中丧命，
一个为了妻儿辛勤工作不幸从桥上跌落——
所有人，所有人长眠在山岗上。

埃拉、凯特、麦吉、丽兹和伊蒂丝在哪儿？
那温柔的心，那简朴的心灵，那吵闹的，那自豪的，那幸福的一个？——
所有人，所有人长眠在山岗上。

一个死于见不得人的私生，

一个死于受挫的爱情,
一个死于妓院里狠毒的皮条客手下,
一个在对爱的追逐中自尊心受辱,
一个在遥远的伦敦和巴黎生活之后,
被埃拉、凯特和麦吉带到她小小的墓冢——
所有人,所有人长眠在山岗上。

艾萨克叔叔和艾米莉阿姨在哪儿?
还有老托尼·肯赛德和塞维尼·豪顿,
还有沃克少校,他曾经和革命领袖交谈过?
所有人,所有人都长眠在这山岗上。

战争带来年轻人的死亡,
带来女人们堕落的生活,
带来孤儿丧父的惨痛,
所有人,所有人长眠在山岗上。

老小提琴手琼斯在哪儿?
他游戏人间九十年。
勇敢地用裸露的胸膛面对风雪,
一个劲酗酒,放荡,从不把妻儿老小、
金钱、爱和天堂放在心上。

瞧，他喋喋不休谈着很久以前的煎鱼，
谈着很久以前在克莱尔丛林里的赛马，
谈着亚伯·林肯
某次在斯普林菲尔德发表的演讲。

霍特·帕特

我躺在这儿
挨近比尔·皮尔绍这个老家伙的坟墓,
他靠跟印第安人做生意发了财,
之后又因破产欺诈变得更富有。
眼巴巴看着老比尔等人生财有道,
我厌倦了苦力和贫穷,
一个夜晚,在帕罗克特丛林里抢劫一个旅客,
无意中失手将他杀死,
为此,我被判绞刑。
那是我的破产之路。
而现在我们在各自的人生里败下阵来,
肩并肩安静地沉睡。

奥利·麦克吉

你是否看见一个眼睛无神表情憔悴的人
正徒步穿越村庄?
那是我丈夫,以隐蔽的残忍劫掠我的青春和美丽;
直至最后,带着满脸皱纹、发黄的牙齿,
受挫的自信和羞耻的谦恭,
我躺进坟墓。
你认为折磨我丈夫的是什么?
我本来的面孔,我被他摧残的面孔!
这些带他到我躺下的地方,
而死亡为我复仇。

弗莱切·麦克吉

她瞬间使我臣服,
她在一小时里就降伏我一生,
她耗尽我像发烧的月亮
使世界止息。
日子流逝如同幻影,
分钟旋转如同星宿。
她从我的内心取走怜悯,
并使它微笑。
她是雕刻家黏土的一部分,
我隐秘的思想被揭示:
它们飘荡在她紧锁的眉头后面,
并充满痛苦地挤成竖沟。
它们搁置在嘴唇和松弛的脸庞上,
眼神悲伤地垂视着,
我的灵魂已经被带入黏土,
好斗得像七个魔鬼。

那不是我的,也不是她的;
她持有它,但它却在挣扎
塑造一个她憎恶的脸庞,
我害怕看到,
我拔掉窗栓,摔打窗扇,
我躲在角落里——
然后她死了并纠缠我,
猎取了我一生。

罗伯特·富尔顿·坦纳

如果一个男人可以咬那巨大的手
那双抓住和毁了他的手,
正如那天在五金店演示我的捕鼠器专利时,
我被一只老鼠咬了。
但在魔鬼般狰狞的生活中
一个男人从来不能报复自己。
你进入一个房间——你在那里出生;
然后你必须活着——找到你的灵魂,
啊哈!你在视野中渴求的那些诱饵:
一个你想结婚的富婆,
这世上的名望,地位或者权力。
但这里有工作去做,有事情去征服——
噢,是的!那些隐蔽了诱饵的金属网。
最后你得到——但是你听到脚步声:
那妖魔,生命进入这房间,
(他正等着,聆听春天的音色)

看着你一点点吃着异常美味的芝士，
用他燃烧的眼睛盯着你，
怒视着讪笑着，嘲弄着诅咒你，
在捕鼠器里跑上跑下，
直到你的痛苦让他腻味。

卡西乌·休弗

他们在我的墓碑上刻下字句:
"他一生良善,交织在他身上的各种美德,
可以使造物主肃然起立,向全世界宣告
这是个汉子。"①
知我者不禁失笑,
当他们读到这空洞的言辞。

我的墓志铭应该这样:
"生活对他并不良善,
交织在他身上的各种美德
使他的生活充满战火
终遭杀害。"
生前我无力应对流言蜚语,
如今死了,我又必须听命于
一个傻瓜替我镌刻的墓志铭。

---

① 莎士比亚戏剧《裘力斯·恺撒》第五幕第五场中安东尼赞扬布鲁托斯的一段台词。

萨帕塔·梅森

我人生的花簇已全部盛放,
除了被一场飓风吹熄的花瓣
——你们在村里看见的我的某一面。
从尘土里我发出抗议的声音:
我盛放的一面你们从未看见!
你们只知其一,你们真够愚蠢,
你们不知道风的路径,
那看不见的力量
控制着生命的进程。

阿曼达·巴克

亨利得到带着孩子的我
并知道我不会再生
如果不失去我自己的孩子。
因此在年轻时我已进入坟墓的入口。
我生活的村庄的过客以为
亨利对我的爱是一个丈夫的爱,
但是我要在坟墓里宣布
他杀了我以发泄他的憎恨。

康斯坦斯·海特莉

因为养育我姐姐的孤儿艾琳和玛丽,
你赞美我的牺牲精神,匙河,
又因为他们对我的鄙视!
你谴责艾琳和玛丽。
但请不要赞美我的自我牺牲,
也不要谴责他们的鄙视;
我养育她们,照顾她们,真的够了!——
只是我玷污了我的好心
以不断提醒她们对我的依赖。

蔡斯·亨利

活着时我是小镇上的酒鬼；
当我死了，神甫拒绝主持我的葬礼
在神圣的花园。
这反而给我带来好运，
新教徒买了这块地，
将我葬在这里。
邻近银行家尼古拉斯和他妻子普瑞西拉的坟墓。
你们这些审慎而虔诚的灵魂，
当心生命里的逆流，
活在屈辱中的人也许会带着荣誉死去。

哈利·凯里·古德休

你们从不惊叹，匙河的蠢汉，
当蔡斯·亨利为自己被关闭的小店去复仇
投票反对那酒馆。
但是你们没有足够热心
去追随我的脚步，或者紧跟我
作为蔡斯精神上的兄弟。
你们是否记得当我因为公众资金利率被操纵
去和银行以及法庭抗争？
你们是否记得为了使我们这些可怜的苦力免于税赋
我和那些官僚斗争？
你们是否记得为了被占用街道和加息
我和水厂战斗？
你是否记得我和
把我扯进这些纷争中的生意人斗争？
你们是否记得：

从战斗和失败事业的废墟上蹒跚站起来,
我摆脱掉我遮掩的最后理想,
在众目睽睽下躲藏起来直到那时,
像那个蠢驴珍贵的下颌骨,
重击银行和水厂,
以及禁酒令中的商人,
从而为我已输掉的那些斗争,
让匙河付出代价?

萨默斯法官

告诉我这是怎么回事?
那个法学家中最博学的我,
那个知道布莱克斯通和柯克①的我,
那个几乎仅凭记忆,做了最棒演讲的我。
整幢法院大楼都听见和记得
曾获得布瑞斯大法官赞扬的那份辩护词。
告诉我这是怎么回事?
我躺在这儿竟然没有被标注,被忘记,
在大自然中,在反讽的氛围中,
是否已播种开花的杂草?
而蔡斯·亨利,小镇上的酒鬼,
骨灰罐上反倒矗立着大理石墓碑。

---

① 布莱克斯通,英国法学家;柯克,英国16世纪法学家。

金西·基恩

请注意，托马斯·罗兹，银行的董事长；
库尔鲍·温登，《阿耳戈斯》编辑；
彼特牧师，主教堂的本堂牧师；
艾·迪·布莱迪，匙河连任的市长；
最终所有这些社会纯洁俱乐部的成员——
请注意坎布罗恩的临终遗嘱，
和滑铁卢战役中拿破仑圣让山保卫战
残存的英雄气概保持一致
当梅特兰，那英格兰男人，呼唤他们：
"投降，英勇的法兰西人！"——
在绝望地战败那天临近结束的时候，
那不再是伟大的拿破仑军队的大群男人
在狂风暴雨的电闪雷鸣中
在田野中缓缓流动像破碎的布条。
坎布罗恩对梅特兰说
在英格兰战火削平小山山脊之前

背对正在落山的光线
我要对你们说，对你们全体
还有你，噢世界。
我嘱咐你把它镌刻
在我的石碑上。

本杰明·潘尼特

这座墓中躺着本杰明·潘尼特,法律界的律师,
还有尼杰,他的狗,忠诚的伙伴,带来慰藉的友人。
在阴沉的道路上,朋友、孩子、男人和女人,
一个个从我的生命中走过,直到我孤身一人,
只有尼杰,兼任同伙、伴侣和酒友。
在青年时期,我了解抱负和荣耀,
然而她活得比我长久,诱惑我的灵魂
用令我血流如注的陷阱。
直到曾经意志坚强的我,颓废又平庸地躺倒,
和尼杰一起在办公室后面那间肮脏昏暗的房间生活。
我的下颌骨紧抵着尼杰瘦小的鼻子——
我们的故事无声消失,掠过,疯狂的世界。

本杰明·潘尼特太太

我知道他说我诱骗了他的灵魂
用一个使他受伤流血致死的圈套。
所有的男人爱戴他,
大部分女人怜惜他。
但想象你是一位女士,具有雅致的品位,
讨厌威士忌及洋葱的味道,
以及华兹华斯的"颂诗"节奏跑到你耳朵里。
当他从早到晚都这样
重复着那些微不足道的小事;
"噢,为什么人类的精神就应该值得自豪?"
然后再这样想象一下:
你是一位拥有优越天赋的女人,
只有和这个男人,法律和道德
允许你们拥有婚姻关系
一个如此令你作呕的男人
每次你这样想想——当你这样想

当你每次见到他的时候?
这就是为何我赶他离开家
让他和他的狗生活在一个昏暗肮脏的房间里
在他的办公室后面。

鲁宾·潘尼特

嗨,艾米莉·斯帕克斯,你的祈祷没有白费,
你的爱并非一场空。
无论怎样生活,我感激——
为你从不放弃对我的期待,
为你对我始终如一的爱。
亲爱的艾米莉·斯帕克斯,让我告诉你一个故事。
我从我父母那里受到影响;
那个女帽制造商的女儿使我陷入麻烦
驱使我进入这个世界。
我闯过每一个已知的危险,
那些有关酒、女人与寻欢作乐的人生的危险。
一天晚上,在里沃利街①的房间里,
我正和一个黑眼睛妓女喝酒,

---

① 里沃利街,巴黎的一条著名街道。

泪水湿润我的眼睛。
她以为那是多情的眼泪，露出微笑
她以为征服了我。
但我的灵魂正在三千英里外，
在匙河你教我的那天，
不是为我祈祷，也不是给我写信，
取而代之的是你的声音里那永恒不朽的宁静。
那个黑眼睛妓女以为眼泪为她而流，
就像我给她的那个欺骗之吻。
莫名其妙地，从那一刻起，我有了一个新幻想——
亲爱的艾米莉·斯帕克斯！

艾米莉·斯帕克斯

在哪里我的男孩,我的男孩——
在世界的哪个遥远角落?
那个所有学生里我最爱的男孩?——
我,一个教师,一个老女仆,处女之心,
谁造就了他们我的孩子们。
我正确理解我的男孩吗,
以为他是燃烧的活跃的雄心勃勃的灵魂?
噢,男孩,男孩,我曾经为之祈祷又祈祷
在许多夜晚警觉的时刻,
你还记得我写给你的信
关于耶稣基督美好的爱?
不管你是否曾经带着它,
我的男孩,不管你身在何处,
为你灵魂的缘由而工作,
你所有的陶土,你所有的糟粕,
将向你的火焰让步。

直到火焰也没了除了光!
什么也没有除了光!

药剂师特雷纳

只有化学家可以讲出,并且不总是化学家,
混合液体或是固体会引发什么结果。
然而谁可以讲出
男人和女人是如何相互反应
彼此的,或者会生出怎样的孩子?
比如本杰明·潘尼特和他老婆,
他们自身都很好,但却是彼此的不幸:
他的氧气,她的氢气,
他们的儿子,一团灾难性的火焰。
我特雷纳,一个药剂师,一个化学物的混合体,
死于正在做的实验,
一生未婚。

黛西·弗雷泽

你是否曾听说过温登编辑
把他收到的任何钱捐给国库
以支持政府的候选人?
或者写文章吹捧罐头加工厂
让人们去投资?
或者为了隐瞒关于银行的事实,
当它已经腐烂,行将倒闭?
你是否曾听说过巡回法官
帮助过任何人,除了那个"寇"铁路公司,
以及那些银行家?或者是否听过彼特牧师或西布利牧师
付出他们靠装聋作哑换来的所有薪水
或者为了建设那座自来水厂
说出权贵们希望他们说出的话?
但是我——黛西·弗雷泽,那个经常
沿着街道穿过排成行点头致意和微笑的人,

穿过咳嗽和言语——例如"她走了,"——的人,
从来没有被带到阿尼特大法官面前
哪怕没有捐赠十美元
给匙河的学校基金!

本杰明·弗雷泽

他们的灵魂拍打着我的灵魂
就像一千只蝴蝶的翅膀。
我闭上眼睛,感受他们灵魂的振动。
我闭上眼睛,我仍知道他们的睫毛何时将
碰触他们的脸颊,从低垂俯视的眼睛里,
何时他们转过头来;
何时他们的外套缠绕着他们,
或者从他们身上滑落,精美的布料。
他们的灵魂看着我的狂喜
以一种仰望星空般漠然的目光看着。
他们的灵魂直视着我的痛苦;
他们喝着它犹如生活之水;
伴随着泛起红晕的脸颊,明亮的眼睛,
我心灵升腾的火焰使他们的灵魂镀金,
就像一只蝴蝶的翅膀突然陷入阳光中,
但在着眼于自身的人生思考中,

在他们被捕获被冲击的心灵中,
如同一个孩子压榨葡萄并喝下
手掌里的紫色汁液。
我来到这个没有翅膀的空间,
那里既没有红色,也没有金色,也没有酒,
也没有已知生命的节奏。

密涅瓦·琼斯

我是密涅瓦,一个乡村女诗人,
被街上的粗人嘲笑,叫嚣,
因为我肥胖的身躯,斗鸡眼,还有摇摇摆摆的步姿,
更多是因为"大老粗"威尔迪
在一场野蛮的追逐中俘获了我。
他将我留给我的宿命迈耶斯医生;
然后我陷入死亡,从脚底向上越来越麻木,
就像一个人一步一步在冰冷的清泉中越走越深。
有人会留意村庄的报纸,
将我写的诗篇收集成一本书吗?——
我如此渴望爱情!
我如此热爱生命!

"愤怒"琼斯

你将不再相信,是吗,
我来自卓越的威尔士家族?
我比这儿的白人杂种血统更纯正?
比新英格兰人和匙河的弗吉尼亚人
具有更嫡系的宗族?
你将不再相信我曾经进过学校读过书。
你看到的我只是一个颓废的男人,
有着肮脏蓬乱的头发、络腮胡子
和破破烂烂的衣衫。
有时一个男人的生活变成了一个毒瘤
从受伤害到永久被伤害,
膨胀成紫色的一大团,
就像玉米生长的茎秆,
我就在这儿,一个木匠,陷入生活的泥淖。
我在其中行走,想着它是一块草地,
和一个作为妻子的邋遢女人,还有可怜的密涅

瓦，我的女儿，
　你折磨她，并让她死去。
　所以我偷偷蠕动着，蠕动着，像一条蛇度过
　我生命中的那些日子。
　在早上你不再听到我的脚步声，
　响亮地回响在空荡荡的人行道上，
　——去食品杂货店买一点玉米餐
　和一片价值五美分的培根。

"大老粗"威尔迪

在我信教,稳定下来后
他们在罐头厂里给了我一份工作,
每天早上我必须给院子里的油罐加满汽油,
以"喂饱"棚舍里呼呼燃烧的火
去加热焊接的钢铁。
我安装好一把摇晃的梯子去干这个,
携带着装满原料的吊桶。
一天早上,当我站在那儿正倒着,
空气变得凝固随后突然冲起,
油罐爆炸,我向上弹起,
然后带着两条炸伤的腿掉下来,
我的眼睛灼烧得酥脆如一对鸡蛋。
因为某人让火势继续,
而火舌又被吸到油罐里。
巡回法官说干这事的人
是我的一个仆役同事,于是

老罗兹的儿子不必赔偿我。
我作为盲人坐在证人席上
像那个小提琴手杰克,一遍又一遍说着,
"我根本不认识他。"

梅耶斯医生

没有其他男人,除了希尔大夫,
比我为这镇上的人做得更多。
所有那些孱弱的,瘸腿的,挥霍的
所有那些付不起钱的,蜂拥到我这儿。
我是好心的,好说话的梅耶斯医生。
我健康,幸福,好运气
庇佑我得与投契的伴侣,抚养我的孩子们成长,
全都结了婚,在这世上干得还不错。
然后一个晚上,密涅瓦,那个女诗人,
我倾尽全力试图拯救她——但她死了——
他们控告我,报纸羞辱我,
我的妻子暴亡于心脏病,
我死于肺炎。

梅耶斯太太

他用他的一生抗议
报纸恶毒散布关于他的谎言；
对于密涅瓦的堕落，他并没有错，
只是试图尽力去帮助她。
卑微的灵魂如此沉没在他看不见的罪孽里
那甚至试图帮助她，因为他召唤它，
他已经违反人类和神祇的法律。
过路人，给你一个古老的告诫：
如果你想沿着愉悦的路一直走下去，
并且你所有的路都很顺遂，
去爱上帝并恪守他的戒律。

诺尔特·荷黑马

我是传教士岭战役的第一批成果,
当我感觉到那颗子弹进入我的心脏。
我但愿自己呆在家,
因为偷了科尔·特雷纳里的阉公猪被送进监狱,
以取代逃走和参军。
宁愿一千次被送进国家监狱
也比躺在带有翅膀的大理石雕像下好,
还有这花岗岩基座
忍受这个字眼,"为了祖国。"
这到底什么意思?

莉蒂亚·帕克特

诺尔特·荷黑马逃走去了战场,
前一天科尔·特雷纳里向阿尼特大法官控告
并获准追查偷盗阉公猪事件。
但那不是他去当兵的理由。
和卢修斯·阿瑟顿厮混时他逮到我,
我们争吵,我告诉他
再也不要挡我的道。
然后他偷了阉公猪,去了战场——
战争之后,每个士兵都是女人。

弗兰克·杰姆尔

从忏悔的小屋出来进入这个漆黑的地方——
二十五岁我就完了。
我的舌头说不清在我内心激荡的是什么,
并且村里人认为我是个笨蛋。
然而最初有一个清晰的愿景,
有一个远大又迫切的目标在我心中
驱策我努力记住
大不列颠百科全书!

黑尔·杰姆尔

九月下旬放学以后,
男孩、女孩们仍然去西瑞尔的果园喝西打①?
或者霜冻开始时在亚伦·哈特菲尔德农场
的灌木丛中收集榛果仁?
很多次我们这些女孩和男孩
在路上在山上到处玩耍。
当夕阳西下,气温变冷,
就停下来击打那独自耸立的核桃树
——正以光秃的枝丫对抗西天的晚霞。
现在,秋天烟霞的气味,
掉下来的橡实,
山谷里的回响
带来生命的梦想。它们在我头上盘旋着。
它们质问我:

---

① 西打,一种苹果啤酒。

那些欢笑的伙伴哪儿去了?
哪些与我一起,哪些
在去西瑞尔老果园的路上
俯瞰平静的水面?

康莱德·西瑞尔

不是在那废弃的花园里
躯体都被卷入草地中
那里没有羊群在放牧,进入长青树丛
那里没有果实在孕育——
沿着布满树荫的小路
可以听见徒劳的叹息,
可以梦见空虚的梦境
那与故去的灵魂亲密沟通的梦境——
但是就在这苹果树下
我爱着注视着修剪着
用布满老茧的双手
在那幽深的岁月里;
从这棵北密探① 苹果树根下
迁移到生命的化学反应与轮回中,

---

① 北密探,苹果的一种品种,薄皮、多汁、冬天的苹果。

进入尘土进入到树的肉体里，
进入到深红的苹果
活生生的墓志铭中！

希尔大夫

我在街上跑来跑去
四处夜以继日地
通宵照顾那些生病的穷人。
你知道为什么吗?
我的妻子讨厌我,我的儿子和无赖厮混。
于是我就转向他人,倾注我的爱给他们。
在我葬礼那天,草地上的人群多么甜蜜,
当我听到人们喃喃低语爱和哀伤。
但是噢,亲爱的上帝,我的心颤栗,
几乎不能抓住新生活的护栏,
当我看到恩·斯坦顿在橡树后面的坟墓里,
隐藏她自己,还有她的悲痛!

守夜者安迪

身穿西班牙式的斗篷,
戴着旧宽边软帽,
脚穿毛毡套鞋,
带着泰克,我忠诚的狗,
带着结节的胡桃木手杖,
我手持牛眼灯
在广场上挨家挨户地溜达着,
当午夜的星星旋转,
还有从那风中吹来的
教堂尖塔的钟的低语;
还有希尔大夫疲惫的脚步声
听起来像是,
和一群远方的雄鸡群在梦游。
而现在另外有人正注视着匙河
就像其他人在我前面注视着。
现在我们躺着,希尔大夫和我

在这里没有人会破门而入去偷窃,
不需要警惕的眼睛。

莎拉·布朗

莫里斯，不要哭，我不在这棵松树下面。
春天温暖的空气沙沙耳语般拂过甜蜜的草地，
星星闪烁着，一只北美夜鹰叫着
但你却悲痛着，当我的灵魂狂喜地躺下
在这神圣的永恒之光里涅槃！
付出好心肠的，那是我丈夫，
那个寻思该如何称呼我们有罪的爱的人：——
告诉他我对你的爱，并不少于我对他的
锻铸我的命运——通过肉体
我赢得灵魂，然后通过灵魂达致平静。
天堂里没有婚姻，
但那里有爱。

珀西·比希·雪莱

我那拥有四轮马车店的父亲
因给马匹钉掌而变得富有
他把我送去蒙特利尔大学
但我什么都没学到,回了家,
和伯特·凯斯勒在田野里游逛,
猎捕鹌鹑和沙锥鸟。
在汤普森湖,我的猎枪扳机
被船沿碰到,
我的心脏被打穿一个大洞。
在我上面慈爱的父亲竖立这大理石碑,
其上立着一尊由意大利艺术家雕刻的
女人雕像。
他们说与我同名者① 的骨灰

---

① 同名者,指英国浪漫主义诗人雪莱。

被撒播在凯乌斯·塞斯提伍斯金字塔① 附近
在罗马某处。

---

① 塞斯提伍斯金字塔,是意大利罗马的一座古代金字塔,靠近圣保禄门和新教公墓,建于公元前 18 年—前 12 年,是凯乌斯·塞斯提伍斯的墓。

弗洛西·卡班尼斯

从村里班度的歌剧院
到百老汇是一个巨大迈进。
但我尝试尽力去做,我的野心燃烧着。
十六岁那年,
《伊斯特·琳妮》① 在村里放映,
由拉尔夫·巴雷特主演,未来的
罗曼蒂克演员,那个诱惑我心灵的人。
实话相告,我无精打采地回到家,一个惨败,
当拉尔夫在纽约消失无踪,
剩下我孤独地在这个城市——
但生活也毁掉他。
在这个全然寂寞的地方
没有灵魂相契的人。

---

① 《伊斯特·琳妮》,又名《东林恨史》,从英语小说改编的电影,获得过奥斯卡奖提名。

我多么希望杜丝①站在这寂静的田野中
神情悲怆地朗读这些话。

---

① 杜丝,意大利女演员,因扮演加布里埃·邓南遮和亨利克·易卜生的戏剧中的女主人公而著名。

茱莉亚·米勒

我们在那天早上吵架,
因为他六十五,而我三十,
我焦虑地挺着大肚子,
孩子的诞生令我恐惧。
我仔细揣摩写给我的那封最后的信,
——由那个愈加疏离的年轻人写就。
我以嫁给这个老男人隐瞒他对我的背叛。
于是我吃了吗啡,坐下来读。
透过向我眼睛涌来的阴郁,
甚至现在我都能看见那些字眼里闪现的光:
"而耶稣对他说,实实在在地,
我对你说,今天你应该
和我一起,在伊甸园里。"

强尼·沙耶

圣父,你永远不会知道
那痛击我心灵的苦恼
因为我的不孝顺,那个瞬间我觉得
火车头残酷无情的轮子
轧在我腿上,肉体惨叫。
当他们抬我到寡妇莫里斯家的时候
我可以看见山谷里的校舍
我扮演过旷课的学生,逃票坐火车到那儿。
我祈祷活着直到我可以请求你的宽恕——
请求你的泪水,你宽慰的只言片语!
从那个时刻的慰藉,我已经赚得无限的幸福。
你明智地为我镌刻:
"历练邪恶,走向新生。"

查理·弗伦奇

你是否曾经认出
奥布莱恩男孩中是谁
用玩具手枪啪一下打到我的手？
那时正当红旗和白旗在微风里飘扬，
"巴基"① 艾斯特尔正在用哈里斯上校
从维克斯堡带回匙河的卡侬炮开火；
而柠檬汽水摊档正在营业
乐队正在演出。
这些全被我的手背皮肤下
一小块弹片给毁掉了，
所有男孩都围着我说：
"你将会因破伤风而死，查理，肯定的。"
噢，天哪！ 噢，天哪！
这究竟是哪个家伙干的？

---

① 巴基，二十世纪初美国青少年超级偶像。

泽纳斯·维特

十六岁,我被可怕的梦魇缠绕,
眼睛发花,虚弱异常。
我不能记住读过的书,
像弗兰克·杰姆尔那样一页一页地记住。
而我的脊背无力,我很是担忧,
在课堂上,我窘迫,结结巴巴,
而当我站起来背诵时我就忘了
所有学过的东西。
好了,我看到威斯医生的广告,
我阅读那儿所有的印刷品,
就好像他已经认识我;
以及我那情不自禁的梦。
于是我知道我会被早早送进墓冢
我一直担心直到我得了咳嗽,
然后那些梦就停止了。
接下来我睡在无梦的睡眠里
在这河边的小山上。

诗人希欧多尔

作为一个男孩,希欧多尔,你长久地
坐在这浑浊的匙河岸边
用深陷的眼睛盯着那扇小龙虾洞穴的门,
等着他出现,推着向前,
起先他舞动的触角,像干草的茎秆,
随后他的身体,像皂石一样变得斑斓,
镶嵌着黑玉一样的眼睛。
你出神地琢磨着
他知道什么,他渴望什么,他究竟为什么而活。
但是稍后你在想象中看见
宿命般躲在大城市穴居之地的男人和女人们,
寻找他们的心灵,让它们现身,
以便你能看见
他们怎样生活,因为什么活着,
为什么他们爬行得如此匆忙
沿着那水退之后的沙子路
当夏季正在消逝。

镇警察局长

禁酒令拥护者让我当上镇警察局长
当酒馆被投票查封时,
因为当我是个酗酒的男人时,
在我加入教会前,
我在枫木林附近的锯木场杀了一个瑞典人。
他们想要一个可怕的男人,
冷酷、正直、强壮、无畏的
并且憎恶酒鬼与酒馆的男人
以维持村里的法律与秩序。
他们赠送我一根沉重的手杖,
我用它痛击了杰克·麦克奎尔
在他抽出枪杀死我之前。
那些禁酒令拥护者想要吊死他,
却浪费了他们的金钱,因为我曾托梦
出现在十二个陪审员中的一个面前
将整件事原原本本告诉了他。
十四年足够用来抵偿杀死我。

杰克·麦克奎尔

如果我不是被偷偷带往
皮奥里亚①监狱。
他们也会将以私刑处死我
然而,我却回到宁静的家,
带着酒壶,一丝醉意,
当罗根警长喝止我,
叫我酒鬼,纠缠并抓住我,
我因此咒骂他时,
他用那根禁酒令沉重的手杖痛击我——
这就是我枪击他前的全部经过。
他们想要吊死我,只是因为这个原因而幸免:
我的律师,金西·基恩,
正在帮助银行倒闭的老托马斯·罗兹上岸,
法官是罗兹的朋友

---

① 皮奥里亚,伊利诺伊州的一个地方。

想让他逃脱,
金西主动提出以判我十四年放过罗兹
然后这交易就这么定了。我在服刑期间
学会了读书和写字。

雅各布·古德帕斯丘

当苏姆特堡①失守,战争来临
我痛苦地大声哭叫着:
"噢,荣耀的共和国已经不再!"
当他们伴以军号和战鼓的声音
埋葬我当士兵的儿子时
我的心在八十年岁月的重压下
崩溃了,我哭着说:
"噢,在毁灭自由的冲突中!
一个死于不义之战的儿子!"
我在草地下爬行着。
现在从时间碉堡的城垛上,看:
在对更广阔真理的热爱中,
九千万的灵魂正被绑在一起
欣喜于一件美丽新事物的诞生

---

① 苏姆特堡,在南卡罗来纳州,曾是美国内战激战处。

在兄弟情谊和睿智中微醺。
我用灵魂的双眼
先于你看到耶稣的面容
但是你们不断孵出金色的老鹰们筑更高的巢，
且盘旋得更高，阳光恳求着
思想的崇高之所，
宽恕已故的猫头鹰般机警的人的愚昧。

多卡丝·加斯廷

我不被村民们喜爱,
全因我直言我的想法,
如果碰到那些与我意见相左的人
——以乏味的劝诫,以不带感恩的掩饰,
不带隐蔽的悲伤也不带怨恨。
那个斯巴达男孩的行为被高度赞美,
他把狼藏在斗篷底下,
毫无怨尤地,任凭它吞噬了他,
我想,擒住跟前的狼更勇敢,
并且公开为他自己搏斗,甚至在街上,
在灰尘和疼痛的嚎叫中。
我用灵魂的双眼
先于你看到耶稣的面容。
谁将痛斥我——我愿意。

尼古拉斯·班度

难道你们不羞愧？同胞们，
当我的财产被遗产公证，每个人都知道
我剩下那么少的财富？——
在生活中你们纠缠我，
让我捐，捐，捐给教会，捐给穷人，
捐给村庄！——而我已经捐了那么多。
你们别以为我不知道
我捐给教堂的管风琴，
演奏着洗礼时的歌曲，
当那个毁掉银行、毁掉一切，
除了没有杀我的迪肯·罗兹，
在被宣告无罪释放时第一次去做礼拜。

哈罗德·阿尼特

我倚靠在壁炉边,厌倦,厌倦,
一边想着我的失败,一边窥视着深渊,
当午间的炎热趋弱。
教堂的钟声在远处哀伤地响起,
我听见一个婴儿的哭声,
以及约翰·亚纳尔的咳嗽声,
卧床,发烧,发烧,濒临死亡,
随后是我妻子狂暴的声音:
"小心,马铃薯烧煳了!"
我嗅到了它们……随后是不可遏制的恶心。
我扣动扳机……黑暗……光线……
无法言喻的后悔……重新摸索这个世界。
太迟了!就这样我来到这儿,
带着为了呼吸的肺……一个人有肺在这儿也不能呼吸,

虽然一个人必须呼吸……有何用
去摆脱自我的世界,
但没有灵魂可以逃脱生活的宿命?

玛格丽特·富勒·斯拉克[①]

如果不是因为不幸的命运，
我应该已经像乔治·艾略特一样伟大。
看着盆尼维特为我制作的照片，
下巴托在手上，
深邃的灰色眼睛望着远方，
但是这里有一个古老又古老的问题：
是否应独身，结婚或淫荡生活？
然后约翰·斯拉克，那个富有的药剂师恳求我，
以给予闲暇写小说的承诺来诱惑我，
于是我嫁给他，生了八个孩子，
根本没有时间创作。
不管怎样，一切都过去了，
正当我洗婴儿的物件时
缝衣针不小心扎破我的手，

---

① 玛格丽特·富勒·斯拉克，同名者：美国女权主义记者，文学批评家。

最终死于破伤风,一个让人啼笑皆非的死因。
听着,充满野心的灵魂,
性是生命的祸根!

佐治·特林布尔

你是否记得我站在法院大楼的台阶上
谈论银币的自由铸造,
以及亨利·乔治①的单一税务论?
当这优秀的领导人失守第一场战役,
你是否记得我开始谈论禁酒令,
且在教会里变得活跃?
那全归功于我老婆,
是她向我描绘了我的毁灭
如果我不向人们证明我的品德。
哎呀,她毁了我:
因为激进派开始怀疑我,
而保守党也从来没有信任我——
我躺在这儿,无人哀悼。

---

① 亨利·乔治(1839—1897),美国单一税论者。

西格弗里德·伊斯曼医生

当他们授予我毕业证书的时候，
我对自己说过我将会好心地
智慧勇敢且热心地对待他人；
我说过将会带着基督徒的信仰
进入药物应用领域！
当你制作这种高酸度溶液时
不知何故这个世界和其他医生
就了解你心里在想什么。
这是他们让你饿死的方式。
除了穷人没人去找你。
而当你发现做医生
只是谋生的一种方式时已为时太晚。
当你太过贫穷并且还不得不背负
基督徒的信仰还有妻子和孩子们
在你背上，这太沉重了！
所以那是我制造长生不老药的原因，

这使我陷落到皮奥里亚监狱里
以江湖骗子和坏蛋的名义!
被公正的联邦法院判决。

"爱司"肖

我从未看到任何不同
在赌牌、推销房产
和从事法律、银行或其他任何工作之间。
一切在于机遇。
尽管如此
你看见一个男人在生意里孜孜不倦了吗?
他必须在扑克大王面前忍受着!

洛伊斯·斯皮尔斯

洛伊斯·斯皮尔斯的躯体躺在这儿,
洛伊斯·福禄克生了我,威拉德·福禄克的女儿,
赛勒斯·斯皮尔斯的妻子,
默特尔和维吉尔·斯皮尔斯的母亲,
孩子们有着清澈的眼睛,四肢健全——
(我生来就是瞎子)
我曾是最幸福的女人
作为妻子,母亲和家庭主妇,
照顾我所爱的人,
料理我的家
使其成为整洁宽厚慷慨的好客之所:
我四处走动打扫房间,
整理花园
用如在眼前的直觉,
如同我的手指触摸处有眼睛一样——
荣耀归于至高无上的上帝。

阿尼特大法官

这是真的，公民同胞们，
我的旧法院积案清单躺在这已经好些年了
在我脑袋上方大法官座椅上的
一个架子里，我说这是真的
那积案清单有一个铁质镶边
当它掉下来时那镶边将我的秃头砸了很深一个口子——
（不知怎么我认为它是被
撼动全镇的空气冲击波震松的
当罐头厂的汽油罐
爆炸烧伤大老粗威尔迪的时候）——
但让我们符合逻辑地讨论，
仔细推敲这个案例：
首先我承认我的脑袋被砸伤了，
但第二那最糟的事情是：
那积案清单文件夹如雨一般射向我

围绕我就像一副纸牌
在一个魔法师技法娴熟的手中。
直到最后我看见那些文件夹
直到最终我说:"那些不是文件夹,
为什么,你看不见它们是日复一日
又日复一日的七十年吗?
为什么你用那些文件夹以及其中的小小条目
折磨我?"

威拉德·福禄克

我妻子身体有恙,
消瘦到到几乎不足九十磅。
然后那个男人们称之为克娄巴特拉女王①的女人走过来。
我们——我们这些已婚的人
全都违背了誓言,我自己则在剩下的那部分人中。
多年过去了,死神一个接一个
以丑陋的方式,宣告他们的死亡,
而我在梦里随波逐流
那个上帝赐予我的优雅的梦。
我开始写啊写——
有关基督重临的浩如烟海的著述。
于是,基督向我走来并说,

---

① 克娄巴特拉女王,埃及艳后,比喻绝世美人。

"走进教堂,站在会众前
承认你的罪。"
但正当我站起来开始讲述
我看见我的小女儿,坐在前排位置——
我生来就瞎了的小女儿!
那以后,全都是一片漆黑!

亚乃·克卢特

他们过去在买红酒或啤酒的时候
常常一遍遍问我,
起先在皮奥里奥,后来在芝加哥,
丹佛,旧金山,纽约,无论我住哪儿,
我是怎样
凑巧过上这样的生活。
好吧,我告诉他们一件丝绸礼服的来历,
以及一个大款的求婚——
(那是卢修斯·阿瑟顿)。
但那根本不是真的。
设想一个男孩从食品杂货店的托盘上
偷了一个苹果
人们因此全都叫他小偷,
编辑,牧师,法官,所有人——
"小偷,""小偷,""小偷,"无论他走到哪里。
他不能找到工作,不偷就得不到面包

这就是那男孩偷窃的缘由。
正是人们看待苹果偷窃事件的方式,
让那男孩成为现在这样子。

卢修斯·阿瑟顿

我的小胡子卷曲时，
我还满头黑发，
穿着紧身裤，戴着钻石领扣，
我是许多感情里杰出的无赖，视情感如儿戏。
但是当灰色的发丝开始出现——
看哪！新生代的女孩们
嘲笑我，不再畏惧我，
我也不再拥有激动人心的冒险
而那曾是我的全部，除了尝试成为无情的恶魔，
除了仅有的邂逅的事情，
其他日子和其他男人老掉牙的事情
然后日子继续直到我住在迈耶餐馆，
吃快餐，一个灰色的、不整洁的、
无牙的、被抛弃的、乡下的唐璜……
树荫下有人在歌颂贝阿特丽斯，
现在我看到令他变得伟大的力量
反倒驱使我成为人渣。

荷马·克拉普

亚乃·克卢特经常在大门口
拒绝和我吻别,
说我们应该先订婚再那样,
从复活节庆典或者溜冰场回来,
仅仅用手作势做一个远距离的拥抱。
她向我道晚安,
可我离开的脚步声才刚刚消失
卢修斯·阿瑟顿马上,
(所以我知道当亚乃·克卢特去了皮奥里奥)
盗贼般潜入她的窗户,或者在他飞快的栗色马队后
带她骑马到乡下。
对此我震惊不已,就此死了心
随后我投入从父亲房产得到的所有金钱
到罐头加工厂,试图得到那份
主管会计的工作,赔掉所有钱。

于是我知道我是一个傻瓜，
只有死亡才会像对其他人一样公平待我，
让我觉得像个男人。

迪肯·泰勒

我属于教会,
属于主张禁酒令的党派。
村民们以为我死于吃西瓜。
事实上我有肝硬化,
三十年来每个中午,
我溜进特雷纳的药店处方分区后面
自斟自饮一种丰盛的饮料,
瓶身上标着"弗鲁门蒂高度酒"①。

---

① 弗鲁门蒂高度酒,一种威士忌酒。

山姆·胡奇

我从家里逃出来跟着马戏团,
那个狮子驯兽师
正与艾丝特拉达小姐坠入爱河。
一次,狮子已经饿了一天以上
我进入笼子,
开始打布鲁图斯、里奥和吉普赛。
随后布鲁图斯扑向我,
杀了我。
正进入这灵界时
我碰到一个诅咒我的影子,
说我活该……
那是罗伯斯庇尔!

库尼·波特

我从父亲那儿继承了四十英亩
而由于我妻子,我的两个儿子和两个女儿
从早忙到晚,我已获得
一千英亩,但并不知足,
我带着斧头和犁常年忙碌穿梭,
辛苦劳作,一边约束我自己,我的妻子和儿女们。
希格比大地主冤枉我说
我死于抽"红鹰"雪茄。
一边吃着热派①,一边牛饮咖啡,
在丰收时节酷热的时光里
带我到这里,在我刚满六十岁时。

---

① 热派,一种馅饼。

小提琴手琼斯

这土地一直令感动持续
在你心里,而那就是你。
人们发现你会拉小提琴,
哎,你就得一辈子拉小提琴。
你看到什么,苜蓿的丰收?
或者一片涌向河边的草地?
玉米田里的风;你搓着双手
因为供给市场的食用牛;
否则你会听到衣裙窸簌
像女孩们在小树林里跳舞。
对于库尼·波特来说,一柱灰尘,
或旋转飞舞的落叶是旱灾的凶兆;
他们期望我像红发森美
将它阻挡,照着"托——啊——喽"① 的调子在跳舞。

---

① 托——啊——喽,爱尔兰摇篮曲里的一种声音。

"托——啊——喽"
我怎样去耕种四十英亩土地
更不要说其他了,
和角号,巴松管,短笛的混成曲一起,
在我心中,乌鸦和知更鸟的啼鸣混合在一起,
还有风车的咯吱作响——只是这些吗?
我从未在我的生活中耕耘
那生活空荡无比,无人在其中停留
带我去跳舞或者野餐。
我最终只剩下四十英亩土地;
只剩下一把破小提琴——
沮丧的笑声,一千种记忆,
却没有一丝遗憾。

内莉·克拉克

我那时才八岁；
在我长大并知道那意味着什么之前
我难以启齿，除了
母亲——我因恐惧告诉了她；
我父亲弄到一支手枪
如果不是因为可怜他母亲，
可能已经去杀了查理，那个十五岁的大男孩，
尽管如此，这事紧紧纠缠着我。
但那个和我结婚的三十五岁鳏夫
是新来的住户，从未听闻此事
直到我们结婚两年后。
他认为自己受了欺骗，
整个村子一致认为我不是真正的处女。
嗯，他抛弃了我，然后我死了
在随后的冬天。

露易丝·史密斯

赫伯特背弃了我们八年的订婚,
当安娜贝尔回到村里
如果我只付出我的爱情给他
它可能已经变成一个美丽的忧伤——
谁知道呢?——治疗的香气充溢着我的生命。
但是我折磨它,毒害它,
我弄瞎了它的双眼,它变成恨——
致命的常春藤代替了铁线莲。
我的灵魂失去它的支撑,堕落,
它的叶在腐败中卷曲缠绕。
不要让愿望为你的灵魂扮演园丁
除非你确定
它比你灵魂的本性更加睿智。

赫伯特·马歇尔

你的全部忧伤，露易丝，以及对我的怨恨
源自你的错觉，以为是放荡
的灵魂和对你灵魂的藐视
让我转向安娜贝尔并抛弃你。
你真的因为爱我而变得憎恨我，
因为我曾让你感到幸福快乐，
为你给出和修正
你人生的解答，但现在不了。
你是我的不幸。如果你曾经是
我的幸福，我怎会不依恋你？
这是生命的伤痛：
一个人幸福与否取决于两个人共同的幸福；
然而我们的心倾心星宿，
它们并不想我们幸福。

佐治·格雷

我花很多时间研究
那块为我镌刻的大理石——
一艘卷起帆的船休憩在港口。
事实上,它描绘的不是我的终点
而是我的人生。
爱情曾经来找我,我却畏惧它的幻灭;
忧伤敲我的门,而我害怕了;
野心呼唤我,但我恐惧机遇。
然而,我仍渴望找寻生命的意义。
现在我知道我们必须扬帆起航
去掌握命运的风向
无论他们把船驶向哪儿。
追求生命的意义可能会死于疯狂,
但没有意义的生命更是折磨
烦躁和暧昧的欲望的折磨——
这是一艘对海又渴望又惧怕的船。

亨利·贝内特阁下

直到我准备死去
我也从未想过
珍妮早就乐见我死,怀着恶毒的心。
因为我七十,她三十五,
我竭力履行丈夫的义务,瘦得不成样
珍妮,玫瑰色的珍妮,充满生活的激情。
我所有的智慧和雅致的思想
给不了她任何乐趣,事实上,
她不时提及威拉德·谢弗巨人般的力量,
还有他精彩至极的壮举——
有一次在乔吉·柯比的地里
把起重机车拖出沟渠外。
所以珍妮继承了我的财产并嫁给了威拉德——
那肌肉的山峰!那小丑般可笑的灵魂!

制桶工人格里菲

制桶工人应该了解浴盆。
但我也了解生活,
你们这些在坟墓周围踯躅的人
以为你们懂生活。
你们以为你们的双眼在扫视宽广的地平线,
事实上仅仅是看了一圈你浴盆的内壁。
你不能把自己提出它的盆边
以看到外面的世界
并同时看见你自己。
你被淹没在你自己的浴盆中——
种种戒律、规则和表象,
是你浴盆的桶板。
打破它们并且驱散
以为浴盆就是全部生活的巫术
你就会懂得生活!

牙医塞克斯史密斯

你认可那颂诗和布道词,
还有教堂的钟声,
还有那些老男人和年轻男人的鲜血,
用由于忠诚上帝而明亮的双眼
看到真理而殉道的人,
去成就这个世界伟大的宗教改革?
你认为《共和国战歌》
会被听见吗?如果那些动产奴隶[1]
已成就美元主宰性地位,
虽然有了惠特尼的轧棉机,
还有蒸汽机、轧制机和熨斗
还有电报机和白人自由劳工?
你认为黛西·弗雷泽

---

[1] 动产奴隶,他们被视为商品可买可转卖,终身不再自由;此类奴隶从战场掳俘所得。

被推搡着赶出家门
如果不是那罐头厂需要
她的小房子及宅基地?
或者你认为
强尼·泰勒的扑克室,还有伯查德的酒吧
会被关闭吗?如果经营亏损了
资金花费在没有扭转迹象的啤酒生意上,
通过关闭它们,托马斯·罗兹的
鞋子、毛毯,还有孩子们的斗篷和金橡木摇篮生意
会有更多的销售额?
为什么,道德真相是一口
必须用金子去镶嵌的烂牙齿。

艾·迪·布莱迪

如果你们在村子里会认为我从事的是好工作，
我关掉酒馆，停止所有打牌游戏，
硬拖老黛西·弗雷泽到阿尼特大法官前，
在多次十字军东征中净化人们的罪行；
为什么你们让女帽制造商的女儿朵拉，
和本杰明·潘尼特那不中用的儿子
每夜使我的坟墓成为他们亵渎神明的靠垫？

罗伯特·索西·伯克

我花光我的积蓄尽力去选举你做市长
艾·迪·布莱迪。
我在你身上挥霍我的崇拜,
你是我脑海里近乎完美的男人。
你吞噬我的个性,
还有我青春的理想主义,
和情操高贵的忠贞的力量。
我对于这个世界所有的希望,
和我对真相的所有信念,
都融化在我献身于你的盲目的心中,
并模塑进你的形象中。
然后当我发现你是这样的:
你的灵魂很卑微
你的话语是虚伪的
犹如你蓝白色的烤瓷牙,
还有赛璐珞的袖口,

我恨我曾经对你的爱,

我恨我自己,我恨你

因我那徒劳无功的灵魂,还有徒劳无功的青春。

我对所有人说,要警惕偶像,

警惕给出你的爱

去给任何在世的男人。

朵拉·威廉姆斯

鲁宾·潘尼特逃走并抛弃我
我去了斯普林菲尔德①,遇到一个醉汉,
他的父亲刚刚故去留给他一笔财产。
在喝醉时他和我结婚。我的生活糟糕透顶。
一年过去了,一天他们发现他死了。
那使我富裕。我搬到芝加哥。
过了一段时间遇到恶棍泰勒·朗特里。
我搬到纽约。一个灰色头发的大亨
为我而疯狂——于是获得另一笔财产。
一天晚上他死在我怀里,你懂的。
(此后多年,我忘不了他紫色的脸庞。)
那几乎是个丑闻。我又搬家了,
这次到了巴黎。现在,我是个
狡猾,机智,老于世故并且富有的女人。

---

① 斯普林菲尔德,伊利诺伊州首府。

我甜美的公寓靠近香榭丽舍大街
成为各色人等聚集的中心，
音乐家，诗人，花花公子，艺术家，贵族，
人们说法语、德语，意大利语和英语。
我嫁给热那亚人纳维盖透伯爵。
我们去了罗马。我想他对我下了毒。
此刻从公墓①眺望
那片年轻的哥伦布曾梦想新大陆的海洋，
看他们刻了什么："纳维盖透伯爵夫人
恳求永恒的宁静。"②

---

① 公墓，原文为意大利语。
② 纳维盖透伯爵夫人恳求永恒的宁静，原文为意大利文。

威廉姆斯太太

我是女帽制造商,
被议论和污蔑的朵拉的母亲,
她的离奇失踪
被记入到养育她的账上。
我的眼睛迅捷地捕捉美丽
看到很多缎带、带扣、羽毛、来亨① 和毛毡,
用以衬托甜美的脸蛋和金色的头发。
我郑重提醒你们:
虏获丈夫们的小三们
涂脂抹粉,戴着小饰品,
和时尚的帽子。
太太们,你们应该自己穿戴这些。
帽子可能导致离婚——
或者相反,也会阻止。

---

① 来亨,意大利麦缏草帽。

好吧，现在，让我问你们：
如果在匙河出生的所有孩子
都被县里抚养，在农场某处；
父亲和母亲们都被给予自由
去生活去享受，如果他们愿意也可交换配偶，
你认为匙河
会变得更糟吗？

威廉和艾米莉

死亡的某些方面
就像爱情本身!
如果你已经和深爱的人在一起,
和年轻爱情的光芒在一起,
你们也会在生活数年后
感觉到火焰在熄灭,
于是一同逐渐消失,
渐渐地,隐约地,微妙地,
当它在彼此的怀抱里,
经过熟悉的房间——
那是一种心灵相契合的力量
就像爱情本身!

巡回法官

当心,过路人,急剧的侵蚀作用
啃食着我的奠基石——
好似一个难以捉摸的涅墨西斯[①]或者憎恶
正对着我的墓地打分数,
仅仅为了毁坏我的记忆,不是保护。
我一生都是巡回法官,一个刻痕计数者,
基于律师们的辩护要点判决案件,
而不是根据事件本身的对与错。
噢,风和雨,让我的奠基石独自呆着!
因为比受了冤枉的愤怒更糟的是,
穷人的诅咒,
是躺着说不出话来,但又视野清晰,
甚至看见郝特·帕特,那谋杀犯,
因我的判决而被吊死,
相对于我,在心灵上却是纯真的。

---

① 涅墨西斯,古希腊神话里的复仇女神。

瞎子杰克

我已在乡村市集拉了一整天小提琴。
但是"大老粗"威尔迪和杰克·麦克奎尔一边驾
马车送我回家,
一边大声喝彩,还让我反复演奏
那首苏西·斯金纳的歌,而他们鞭挞着马匹
直到它们飞奔起来。
当这四轮马车翻倒在阴沟里,
瞎子如我,试图尽力挣脱出来时
卡在轮子里被夹死。
一个瞎了的男人
额头肿胀苍白如一朵云。
所有我们这些从最高音到最低音的小提琴手
作曲家和讲故事的人
坐在他旁边,
听他唱特洛伊的沦陷。

约翰·贺拉斯·伯莱森

我在学校赢了作文大赛
在这儿的村庄,
在二十五岁前出版了一部小说。
为了题材以及丰富我的艺术技巧,我去了城市;
在那里我与一个银行家女儿结婚,
之后成为这家银行的董事长——
总是盼望有一些闲暇
去写一部关于战争的史诗般的小说。
同时与一些伟人和文人为友,
并且请马修·阿诺德和爱默生来作客。
在晚宴致辞,在为当地俱乐部撰写文章之后,
最终却被带到这里——
我童年生活过的地方,你懂的——
在芝加哥甚至没有一块小小的石碑
以使我的名字存在下去。
我这仅存的一行是多么伟大:
"滚滚向前,这深沉又深蓝的海洋,翻滚吧!"

南茜·克纳普

那么,难道你没有发现这是它的方式:
我们用他继承的财产买了这座农庄,
而他的兄弟姐妹指责他欺骗了父亲。
此后我们从没得到过片刻安宁,因为这财富。
得克萨斯牛瘟杀死耕牛,农作物歉收。
闪电又击中谷仓。
我们被迫抵押农庄来维持生计。
他变得沉默并时常担忧。
一些邻居拒绝和我们说话,
并站到他兄弟姐妹一边。
我没有地方去散心,因为某人可以对他自己说,
在年少时;"没关系,
我的朋友都是这样,或者以一段到迪凯特①的短途旅行

---

① 迪凯特,美国伊利诺伊州中部一城市。

我得以摆脱。"
然而,最可怕的气味侵扰着房间。
我对着床和老女巫的房子放了火,
眼看着火苗衍生为一场声势浩大的火灾,
我挥舞着手臂在院子里跳舞,
而他在流泪如同一头冰冷的阉公牛。

巴利·霍顿

就是我姐姐南茜·克纳普
放火烧房子的那个秋季
他们正试图将杜瓦尔医生
以谋杀佐拉·克莱门斯入罪,
我连续两周坐在法庭里
倾听每一位证人。
毫无疑问,他以结婚的方式得到她;
并让母腹中的孩子流产。
那么,有八个孩子的我会怎样,
还有一个正准备出生,而农庄
已抵押给托马斯·罗兹?
我回到家的那晚,
(在倾听那个布满臭虫的马车的故事,
和在阴沟里发现佐拉后,)
我看见的第一样东西是一把短柄斧!
就在台阶旁边,男孩们抓蚯蚓的地方,

当我进屋,我的妻子
站在我面前,挺着大肚子。
她又开始唠叨抵押农庄的事情,
于是我杀了她。

州检察官法拉斯

我，鞭笞的行刑者，平衡的毁坏者，
用鞭子和剑的惩罚者；
我，憎恨破坏法律的人；
我，法治主义者，无情且愤恨，
驱使陪审团去吊死那个疯男人，巴利·霍顿，
而我的一个死因就如同灯太亮刺到眼睛，
在熟睡中被叫醒去面对惨烈的真相：
由于医生失手
钢质产钳夹住我儿子的头，
使他刚一出生就成了白痴。
我转而向医学书籍求助
用来照顾他。
那就是为什么那些疯子
变成我的工作，变成我全部的世界。
可怜的被摧残的儿子！最终，你成了制陶工
而我和我所有的慈善事业
都是你手里的陶制器皿。

温德尔·辟·布劳埃德

他们起先以行为不检的罪名指控我,
但并没有亵渎上帝的法规。
随后他们把我当作神经病关起来
在那儿我被一个天主教警卫殴打致死。
我的冒犯在于:
我说上帝对亚当撒谎,并迫使他
过傻瓜般的生活,
对这世上好人和恶魔同在的事实懵懂无知。
而当亚当瞒着上帝吃了那苹果
上帝看穿谎言,
把他从伊甸园赶出去以防他继续拿走
人生不朽的果实。
看在基督的分上,你们这些明白事理的人,
这就是《创世纪》中上帝说的有关它的句子:
"主耶和华说,目睹一个男人
变成我们中的一个"(一点点嫉妒,你瞧),

"知晓善与恶"(那一切皆善的谎言被揭穿):
"现在恐怕他伸手
又摘生命树的果子吃,就获永生:
因此主耶和华便打发他离开伊甸园。"
(我相信上帝把自己的儿子钉在十字架上
以摆脱难耐的混乱状态的原因是,因为这听起来就像他。)

弗朗西斯·透纳

在童年时
我不能跑步或者玩耍。
成年了我也只能抿着杯子,
不是喝—— 猩红热让我得了心脏病,
我安闲地躺在这儿
因为除了玛丽无人知道的秘密:
这儿有一个金合欢属花园,
梓树、乔木甜蜜地和藤蔓簇拥在一起——
在六月的那个下午
在玛丽身旁——
用附上我灵魂的嘴唇吻她
而这一切突然消失。

富兰克林·琼斯

如果我能再活一年
我就能完成我的飞行器,
从而名利双收。
这就如同工人
努力为我雕刻一只鸽子
但它看起来却更像一只鸡。
——除了不是被孵化出来,它哪儿都像,
并且在院子里到处跑,
直到被处罚那天。
拯救那个天才般的男人,
让他从一开始就领会事物之轴!

约翰·艾姆·丘奇

我曾是"寇"公司和
为矿主们提供保障的保险公司的辩护律师。
我在法官、陪审团和上级法庭之间
穿梭说项,
以驳回那些来自
伤残人士、寡妇和孤儿的财产诉求。
大律师公会以浮夸的决议
对我唱赞歌。
供奉的花圈很多——
但老鼠吞噬着我的心脏
还有一条蛇在我的颅骨作巢!

俄罗斯人索尼娅

我生于魏玛
我的母亲是法国人
父亲是德国人,一个学识渊博的教授,
我在十四岁成了孤儿,
随即成为舞者,以俄罗斯人索尼娅著称,
在巴黎林荫大道到处厮混,
早先是各色公爵与伯爵的情妇,
其后则是穷艺术家和诗人的情人。
四十岁那年,凋残的①我打算去纽约碰运气,
在船上遇见老帕特里克·悍马,
他虽已年过六旬,但脸色红润身体硬朗;
在德国汉堡卖掉一艘装载牛的运货船后,
他正回家。
他带我到匙河,并在那儿安顿下来,

---

① 凋残的,原文为法语。

二十年来,他们一直以为我们结了婚!
我墓地附近的橡树是多伦多蓝鸟最爱出没的地方
多伦多蓝鸟整天啁啾,啁啾。
为什么不呢?想到那叫作人生的滑稽之事,
我的每一撮骨灰都在窃笑。

伊沙·纳特

梅耶斯医生说我得了求雌狂,
希尔大夫说是白血病——
但我知道是什么带我到这里:
我六十四岁但强壮得像
三十五或四十的男人。
这不是写信的一天,
这不是一周七天的深夜时分,
这不是米妮想法的驱力,
这不是恐惧或者嫉妒的敬畏,
也不是努力尝试去领会
她精彩的思想,或同情
她与前两任丈夫过的悲惨生活——
所有这些都没有让我沮丧——
除了女儿们的嚷嚷和儿子们的威胁,
以及所有我亲友们的嘲笑和诅咒
直到我偷偷溜到皮奥里奥那一天

去和米妮结婚不管他们——
为什么你们会认为我的愿望是由
女人最好和最纯粹的部分造就?

巴尼·汉斯费特尔

如果到皮奥里奥的短途火车
仅仅被撞毁,我应该已逃之夭夭——
毫无疑问,我将从此地逃离。
但火车被彻底烧毁,他们误以为我
是被送到芝加哥希伯莱墓地的约翰·亚伦
误以为约翰是我,于是我躺在这儿。
在这个镇经营一家服装店已经够糟糕的了,
还被葬在这儿——天呐!

佩蒂特,一个诗人

犹如干豆荚里的籽,滴答,滴答,滴答,
滴答,滴答,滴答,犹如螨虫在争吵——
犹如那微风完全苏醒过来的微弱的抑扬格体诗歌——
但是松树由此演奏了一出交响乐。
八行二韵诗,田园诗,十四行诗,二韵叠句短诗,
由陈词滥调的节奏所谱写的叙事诗:
昨日的雪和玫瑰都销声匿迹了;
爱情是什么?除了一朵褪色的玫瑰。
在村子里生活包围着我:
悲剧、喜剧,豪迈和真理,
勇气,坚贞,英雄主义,失败——
全都赫然耸现,那是怎样的图景啊!
森林,草地,小溪和河流——
我的全部人生无视这一切。

八行二韵诗,田园诗,十四行诗,二韵叠句短诗,

犹如干豆荚里的籽,滴答,滴答,滴答,

滴答,滴答,滴答,多么微妙的抑扬格体诗歌,

当荷马和惠特曼在松林里放声歌唱?

宝琳·巴雷特

在外科手术后，我徒具女人的躯壳！
用几乎一年时间恢复体力，
直至我们结婚十周年纪念日的黎明
我似乎又是我自己了。
我们一起在森林里散步，
在一条无声的苔藓和草坪覆盖的小径上。
但是我不能看进你的眼睛里，
你也不能看进我的，
因为这样的忧伤为我们所共有——你头发里开始出现灰发，
而我只有一个自己的躯壳。
我们谈了什么——天空和水，
一切事情，以隐藏我们的念头。
你的野玫瑰礼物，
摆放在桌上优雅地点缀我们的晚餐。
可怜的心，你多么勇敢地抗争

去想象生活在一种记忆的狂喜中!
然后我的精神颓丧随着夜晚来临,
你让我独自在房间里待一会儿,
就像我们新婚时你做的那样,可怜的心。
我看着镜子,一个声音说:
"当一个人垂死时,他应该完全死去——"
"永不嘲弄生活,永不欺骗爱情。"
我结束了它,一边看着镜子——
亲爱的,你是否明白?

查尔斯·布利斯太太

为了孩子的缘故,
威利牧师建议我不要和他离婚
萨默斯法官同样如此建议他。
所以我们将就在一起走到人生尽头。
但是两个孩子支持他,
另两个孩子认同我,
站在他那边的两个责备我,
站在我这边的两个责备他,
他们为他们一边的那一个而忧伤。
所有人都因内疚而心如刀绞,
因为他们不能平等地赞同我们
心灵备受煎熬。
现在每个园丁都知道将植物种在牢房里
或者种在石头下,以致扭曲、发黄、虚弱。
没有母亲会让她的婴儿吮吸
她胸脯里有毒的奶水。

传道士和法官却仍在建议养育心灵
在那没有阳光,只有微光,
没有温暖,只有潮湿和寒冷的地方——
传道士和法官!

乔治·里斯太太

对这代人我会说:
背诵一点关于真和美的诗歌。
它可能会给你的生活带来转机。
我丈夫什么也做不了
对于这银行的堕落——他只是个出纳。
那件事得归咎于总裁,托马斯·罗兹,
以及他虚荣的,不择手段的儿子,
现在我丈夫被送进监狱,
只有我和孩子们在一起,
给他们吃的穿的,供他们上学。
而我做到了,让他们成长
全都清白、强壮地进入这个世界,
这全靠教皇的智慧,他是一位诗人:
"做好你自己,那是全部荣耀的所在。"

莱缪尔·威利牧师

我宣讲了四千场布道,
我主持了四十次复兴大会,
并给许多改宗者施行洗礼。
可没有我的一件事迹
更加明亮地照耀在这世上,
没有任何东西被我更多得珍藏:
看我如何从离婚中挽救了布利斯夫妇,
并使孩子们免受耻辱的影响,
成长为品行端正的男人和女人,
使他们快乐,村庄的荣耀。

小托马斯·罗兹

这是我看到的:
一只崖燕
在高高的粘土堤岸边的洞里筑巢
那儿靠近米勒津①。
但是幼鸟刚一孵出
一条蛇就爬进鸟巢
去吞食那一窝雏鸟。
那快速扇动翅膀飞来飞去
并尖厉哭叫的崖燕妈妈
与那蛇拼命,
用她翅膀的击打弄瞎它,
直至它扭动着,护着头,
自堤岸向后摔倒,跌落

---

① 米勒津,匙河上的一个渡口,是匙河通往外界的咽喉要冲,在马斯特斯有关匙河的数部著作中具有重要的象征意义。

掉进匙河溺死。
恐怖的一个小时过去了
直到一只伯劳鸟
将那只崖燕妈妈刺穿在一根刺上。
至于我自己，我战胜了我低贱的本性
那仅有的被我兄弟野心破坏的本性。

艾布纳·彼特牧师

对于在村庄广场的拍卖会上
卖掉我的家庭财产
我完全没有意见。
这给了我深爱的信众一个机会
去得到曾属于我的某些物件
作为纪念。
但是那被剔除出来的大行李箱
给了伯查德,那个格洛格酒① 保!
你们是否知道那里面有我一生布道的手稿?
他像废纸一样焚毁了它们。

---

① 格洛格酒,用朗姆酒兑水制成的烈酒。

杰佛逊·霍华德

我英勇的斗争！我称之为英勇的原因，
从我父亲老派的弗吉尼亚信念里来：
憎恨奴隶制，但依旧战斗。
我活力十足胆量过人，充满勇气地
投入匙河的生活，
由于主要源自新英格兰的影响，
共和党员，加尔文教徒，商人，银行家，
憎恨我，又害怕我的手腕。
尽管妻子和孩子们忙着搬迁——
那仍旧是我狂热生命的硕果。
奇怪的偷盗乐趣耗尽我的威望，
终致我并未播种的邪恶的报应；
仇视教堂因它埋藏尸骨的阴湿，
与在小客栈酒吧接触的人为友；
与跟我完全相反的命运纠缠在一起，
用双手废弃那些我宣称我拥有的。

正当我感觉到我巨人般的力量
喘不过气来,注视着我的孩子们
已经在愈加陌生的花园里伤害着他们的生活——
而我孤独地站立,正如我孤独地开始!
我英勇的生活!我双脚站着死去,
面对寂静——面对前景
那无人知晓我曾斗争过的前景。

西拉·莱夫利法官

设想一下你站起来只有五英尺二寸,
曾经是食品杂货店员,
就着蜡烛的光线学习法律
直到你变成辩护律师?
然后设想一下通过你的勤奋,
以及有规律地上教堂,
你成为托马斯·罗兹的辩护律师,
收集着现钞和抵押贷款,
并作为遗嘱检验法庭上
所有寡妇的代表?通过这一切
他们嘲笑你的身高,嘲笑你的穿着
和你铮亮的靴子?然后设想一下
你成了县法官?杰佛逊·霍华德、金西·基恩,
哈蒙·惠特尼,以及所有
曾经嘲笑过你的大个子,都被迫站在

酒吧前面说着"法官阁下"——
那么,你不认为这很自然
对于他们被我弄得很难受?

艾伯特·斯彻丁

乔纳斯·基恩认为他有很多困难
因为他的孩子们全都失败了。
但是我知道有一种宿命比那还难应付:
当你的孩子们都成功,那是一种失败。
我养大了一窝鹰
最后他们都飞走了,剩下我
如同一只乌鸦栖息在废弃的大树枝上。
然后,怀着在我名字前加上阁下的野心,
藉此去赢取孩子们的尊敬,
我竞选学校方面的县督学,
花掉我的积蓄去竞争——却落败了。
那个秋天,我女儿以她名为"老磨坊"的画作
在巴黎获得一等奖
(那是关于亨利·威尔金加入蒸汽前的水磨坊。)
感觉我不值得她去完成我。

乔纳斯·基恩

为什么艾伯特·斯彻丁六十岁以前就自杀了？
他那么想成为学校方面的县督学，
祈求他的生命有意义
祈求出色的孩子们，带给他荣耀。
如果我的儿子经营报摊，
或者我的女儿嫁给某个体面男人，
我就不会走在雨中
并全身湿漉漉地钻进被窝，
拒绝医疗救助。

尤金妮亚·托德

你们中有没有谁,过路者,
有过一颗坏牙持续地不爽?
或者从未彻底离开过你的胁部的疼痛?
或者一种与时增长的恶意泛滥?
因此即使在最深切的沉睡中
那儿有种隐约的感觉或者是关于
那颗牙,那胁部,那增长的思想的幽灵?
即使这样遭阻挠的爱情,或者受挫折的野心,
或者生命中一个愚蠢的错误搅乱你的人生
无望到最后,
将会像一颗牙齿,或胁部的疼痛,
飘浮于你最终睡眠的梦中
直到来自地球球体的完美自由
向你走来就像一个人
在早上健康地高兴地醒来!

包 仪

他们送我进入匙河主日学校
并努力使我放弃孔夫子改信耶稣。
如果我曾尝试促请他们为了孔夫子而放弃耶稣,
我会变得无比糟糕。
没有任何警告,就像恶作剧,
哈利·威利,那个牧师的儿子从后面偷偷走上来,
用拳头重击我,肋骨折断插入肺中,
如今我永远不可能与我在北京的祖宗睡一起了,
也没有孩子来我的坟墓拜祭。

华盛顿·麦克尼利

富有,被我的同胞们尊敬,
很多孩子的父亲,源于一个贵族母亲,
全都在镇子边那所雄伟的府邸长大。
请注意草坪上的这棵雪杉树!
我送所有男孩去了安阿伯,所有女孩去了罗克福德,
正当我的生活顺遂,变得更富有更尊贵——
晚上我在雪杉树下休息。
岁月流逝。
我送女孩去了欧洲;
她们结婚我给她们嫁妆。
我给男孩钱去做生意。
他们是强壮的孩子,大有前途犹如苹果
在展示被咬的地方之前。
但是约翰名誉扫地逃离了这国度。
珍妮死于难产——

我坐在雪杉树下。
哈利在一次放纵后自杀,
苏珊离了婚——
我坐在雪杉树下。
保罗因用功过度而致残,
玛丽因爱上一个男人而患上自闭症——
我坐在雪杉树下。
一切都过去了,或者折翼或者被生活吞噬——
我坐在雪杉树下。
我的内人,他们的母亲,也被带走——
我坐在雪杉树下,
直到九十岁的丧钟响起。
噢母性的土地,摇撼着落叶去酣眠!

保罗·麦克尼利

亲爱的简！亲爱的迷人的简！
你是怎么偷偷溜进这房间的（我如此病歪歪躺在那）
你戴着护士帽和亚麻布袖子，
拉住我的手面带微笑说：
"你并没有病得这么重——你一定会好起来。"
你双眼里的泪水在想什么
落 进我的双眼就像那露水滑进
一朵花的心脏里。
亲爱的简！所有麦克尼利的财富
都不能买到你对于我
日以继夜，夜以继日的关爱；
既不是你微笑的报酬，也不是你灵魂的温暖，
在你的小小双手里放到我的额头上。
简，直到生命的火焰熄灭在
那夜的圆盘之上的黑暗里

我渴望再次好起来
把我的头枕在你小小胸脯上,
并紧紧搂着你在一场爱的拥抱中——
我的父亲当他死的时候有没有提供给你,
简,亲爱的简?

玛丽·麦克尼利

过路人,
去爱就是通过你深爱的人的灵魂
找到你拥有的灵魂。
当那深爱的人从你的灵魂中撤回它自己
你就会失去你的灵魂。
如经上所说:"我有一个朋友,
但我的忧伤没有朋友。"
因此我在我父亲家独居了漫长年月,
试图让我自己缓过劲来,
并将我的忧伤变成至高无上的自我。
但是我父亲带着他的忧伤,
坐在那棵雪杉树下,
那最终浸入我心的画面
带来无穷尽的静谧。
哦,犹如夜来香般使生命

芳香而洁白
从大地阴郁的黑土壤中
你们永获安息!

丹尼尔·艾姆·坎伯

当我去往这个城市的时候,玛丽·麦克尼利
我是为你而回,这一点确凿无疑。
但是劳拉,我房东太太的女儿,
不知怎地偷偷溜进我的生活,虏获我。
接下来好几年后我又碰到
奈尔斯来的乔尔妗·迈纳——
一个自由恋爱的萌芽,傅立叶主义者花园战争前
繁盛于俄亥俄州。
她的"备胎"已尽力取悦于她,
然而为了健壮和慰藉,她转向我。
她如此多愁善感
当她投入你的怀中,
立刻用她流涕的鼻子使你的脸黏滑,
并在你身上排空它的精髓;
然后一下咬着你的手并弹跳开去。

你站着流血并嗅到天堂的气味!
玛丽·麦克尼利,为什么我不能
去吻你礼袍的绲边!

乔尔妗·桑德·迈纳

后妈将我从家里赶出来,我变得怨恨。

一个娶了印第安女人的白人,放荡的浅薄之徒取走我的贞操。

好几年我是他的情妇——无人知晓。

我从他那学会寄生虫的诡诈

那跟随骗子行动的诡诈,像一只狗上的跳蚤。

一直以来我什么都不是,除了是不同男人的"非常隐私"。

然后激进分子丹尼尔,占有我几年。

他的姐妹叫我做他的情妇;

而丹尼尔这样写我:"可耻的字眼,玷污我们美丽的爱情!"

我的愤怒积聚着,装备着它的獠牙。

我的女同朋友接着助我一臂之力。

她憎恨丹尼尔的姐妹。

而丹尼尔看不起她的侏儒丈夫。

终于,她看到报复的机会:
我必须冲着丹尼尔的妻子抱怨他的追求!
但是在那样做之前,我乞求他与我一起飞到伦敦。
"为什么不待在城里就像我们以往那样?"他问道。
然后我转入水底并报复着他的拒绝
在我的备胎朋友的臂弯中。然后浮出水面,
带着丹尼尔写给我的信件,
去证明我名誉完好,向他的妻子,
向我的女同朋友和每一个人展示。
但愿丹尼尔已经射杀我!
而不是揭穿我的谎言,
令一个淫妇裸呈于灵与肉中。

托马斯·罗兹

非常好,你们这些自由主义者,
才智王国里的航行者,
你们这些越过想象力顶峰的水手,
被飘忽不定的气流吹散,跌进空中陷阱,
你们这些玛格丽特·富勒·斯拉克们,佩蒂特们,
田纳西克拉夫林·肖普们——
你们带着全部自诩的智慧发现
最终它是多么艰难地
去阻止灵魂分裂成蜂窝状的原子。
我们——地球上的寻宝者和淘金者,
直至最后
我们都是独立自主,矮小健壮和谐调一致的。

艾达·奇肯

在我参加了肖陶扩村① 的讲座后，
我学习法语二十年，
几乎用全身心记住那些语法
我想我最好还是去趟巴黎旅行
去给我的学习一个最终提升。
所以我为了办护照去了皮奥里奥——
（托马斯·罗兹那天早上也在这趟火车上。）
那儿地区法院的文员
让我宣誓支持并捍卫
美国宪法——是的，甚至我——
那个根本捍卫或者支持不了它的人！
你认为怎样呢？就在那天早上
那联邦法官，就在我宣誓房间的隔壁
裁决那美国宪法
豁免罗兹为匙河的自来水厂付税金！

---

① 肖陶扩村，在纽约州，为夏季教育性集会中心。

艺术家盆尼维特

在匙河我失去赞助
因尝试在照相机中放入我的思想
去捕捉被摄者的灵魂。
我曾拍摄过非常好的照片
是萨默斯法官,法律界的代表,
他笔直坐着,让我暂停
直到他的斗鸡眼直视。
然后当他准备好的时候,他说"好了"。
而我大喊着"否决",他的眼睛往上翻。
我捕捉到如同过去他通常去看的样子
当他说着"我期待"。

吉姆·布朗

当我正在对付佩德罗阁下时
我了解在唱着"稻草堆里的火鸡"
或"有一血泉,血流盈满"的男人间
划分种族的那样东西
(像莱尔·波特过去在康科德反复唱的);
因为纸牌,或因为彼特牧师在圣地的演讲;
因为忽略暴露的怪癖,或者传递确切的信息;
因为无袖女装,或者一支主日学校的康塔塔;
因为男人,或者因为金钱;
因为人民或者反对他们。
这就是它:
彼特牧师和社会净化俱乐部,
以本·潘尼特老婆为首的
去到村庄的理事会,
要求他们让我带走佩德罗阁下
从镇边的华盛·麦克尼利的谷仓里,

到一个市政委员会外的谷仓,
理由是它破坏了社会公德。
好吧,本·潘尼特和小提琴手挽救了那天——
他们认为那是愣小子砰得一摔。

罗伯特·戴维森

我以灵性的脂肪,以男人的灵魂为生。
如果我看见强健的灵魂
我会伤害它的骄傲,吞噬它的力量。
友谊的庇护之所了解我的狡猾,
在那儿我可以窃取一个朋友,我这样做了。
无论哪儿我都可以增强我的力量
通过暗中削弱野心,我这样做了,
如此锤炼我所拥有。
去战胜所有其他灵魂,
只是去肯定并证明我那更胜一筹的力量,
因为带给我喜悦,
灵魂操练的兴奋和渴望。
吞噬的心灵,我本应永生。
但那未被消化的残骸带着恐惧,烦躁不安,沉沦的情绪,
憎恨,怀疑,异象的扰乱,

使我患上致命的肾炎。
我最终尖叫一声而崩溃。
记住这个橡实;
它没有吞噬其他橡实。

艾尔莎·沃特曼

我是从德国来的乡下女孩,
蓝眼睛,玫瑰般红润,快乐健壮。
我第一个工作的地方是托马斯·格林的农庄。
当女主人不在的一个夏日
他偷偷溜进厨房并且
强抱我,深吻我,
我扭转头。然后似乎没人
知道发生了什么。
而我为我的将来而哭泣。
哭了又哭,当这秘密开始显露。
一天格林太太说她知道此事,
但不会找我麻烦,
并且作为没有子女的女人,将收养它。
(他让她住进一个农庄去保持平静。)
于是,她躲藏在那屋子里并散布谣言,
就像她怀孕在身。

一切顺利,那孩子降生了——他们对我如此好。
随后我嫁给格斯·沃特曼,任岁月流逝。
但是——在政治集会上当听众们以为
我因为汉密尔顿·格林的雄辩而哭泣——
不是这原因。
不!我想说:
那是我儿子!那是我儿子!

汉密尔顿·格林

我是弗吉尼亚的弗朗西丝·哈里斯
和肯塔基的托马斯·格林唯一的孩子。
两者都拥有英勇及高尚的血统。
因为他们,我拥有这一切,
我成为法官,国会议员,州长。
从我母亲那,我继承活力,想象力和语言;
从我父亲那,我继承毅力,决断力和逻辑。
荣耀归于他们
以我对人民的奉献!

欧内斯特·海德

我的思想是一面镜子：
它看到它所见，它了解它所了解的。
在青年时期，我的思想只是一面
疾驰的汽车里的镜子，
捕捉而后失去破碎的风景。
一段时间后
镜子上留下大量刮痕，
让外面的世界进来，
让内在的自我望出去。
这是忧伤心灵的降生，
既是获得又是失去的降生。
思想看世界如同疏离的事物，
而灵魂使世界与它自己在一起。
被涂写的镜子没有图像映现——
而这是智慧的沉默。

罗杰·赫斯顿

噢,很多次欧内斯特·海德和我
争论关于意志自由的问题。
我最喜欢的隐喻是普里基的奶牛
用绳索牵到草地外,而你知道的自由范围仅及
绳索的长度。
一天正当这样争论着,看着那奶牛
拖着那绳索,
越过那个已经被吃光的一圈草地
拔出那根桩,甩高她的头,
她冲向我们。
"那算什么,自由意志还是?"欧内斯特一边说,
一边跑。
我跌倒了,她用角顶死我。

阿摩司·西布利

没有个性,没有毅力,没有耐心
那就是我,村里人以为我在
忍受我妻子,当我布道的时候,
干着上帝为我拣选的工作。
她像一个泼妇,像一个淫妇,我厌恶。
我了解她的每一次偷情。
但即使这样,我必须抛弃神职
才可以和这个女人离婚。
因此为了去做上帝的工作,并卓有成效,我忍受她!
所以我对自己撒谎!
所以我对匙河撒谎!
我还试着演讲,竞选议会议员,
兜售著作,只带着这个念头:
如果我挣够钱,我将和她离婚。

西布利太太

星星的秘密,——万有引力。
地球的秘密,——岩石层。
土壤的秘密,——接收种子。
种子的秘密,——胚芽。
男人的秘密,——播种者。
女人的秘密,——土壤。
我的秘密:在一个你永远也找不到的小土堆下。

亚当·魏劳赫

我在奥尔特盖尔德和阿莫尔①之间被击毁了，
我失去很多朋友，很多时间和金钱
为奥尔特盖尔德而抗争，温登编辑
却斥之为赌徒和无政府主义者的候选人。
然后阿莫尔开始船运带骨肉到匙河，
逼使我关掉屠宰场，
我的肉品店也彻底垮了。
与此同时，奥尔特盖尔德的新势力和阿莫尔抓住我。
我认为它应付给我，赔偿我损失的钱
去补偿离开我的朋友们，
因为州长任命我为运河特派员。

---

① 奥尔特盖尔德和阿莫尔，约翰·彼特·奥尔特盖尔德（1847—1902），伊利诺伊激进的改革者和政府官员；菲利普·丹佛士·阿莫尔（1832—1901），肉类加工场主，谷物经销商，金融家，他是很有势力的慈善家，反对劳工组织。

替代他任命温登为匙河的阿耳戈斯，
于是，我参加立法会竞选并当选。
在查尔斯·替·耶基斯的有轨电车特许经营上，
我放弃原则，出卖我的投票权
当然，我是他们逮捕的那些家伙中的一员。
是谁，阿莫尔，奥尔特盖尔德抑或我自己
毁了我？

以斯拉·巴特利特

一个军队中的特遣牧师,
一个监狱中的特遣牧师,
一个匙河镇上的布道者,
带着神圣的醉意,匙河——
仍然带给可怜的伊莉莎·约翰逊羞愧,
带给我自己鄙视与可悲。
但是为什么你永远不明白那女人的爱情,
甚至那红酒的爱情,
是渴望神圣灵魂的兴奋剂,
以此抵达狂喜的境地
得以窥见天堂的边缘?
只有在许多次勇敢的考验后,
只有当所有的兴奋衰退,
通过依赖它自己
通过它拥有的纯粹力量
雄心勃勃的灵魂
找到神圣。

艾米莉·亚加里克

是的，我躺在这儿，靠近一丛凋零的蔷薇
靠近篱笆边被遗忘的角落
从西瑞尔的树林延伸来的灌木丛
已经爬过来，稀疏地生长着。
而你，纽约的领袖，
著名百万富翁的妻子，
一个社交新闻上常见的名字，
美丽，令人钦慕，
由于远距离幻影的作用也许被夸大。
在世人眼中
你已成功，而我失败。
你活着，而我死了。
但我知道我击败了你的精神；
我知道躺在这儿，远离你，
而在你搬去的那个精彩世界里，

你那些了不起的朋友再无人理会你
我真的是你生命中不可摧毁的力量
以彻底的胜利劫掠了它。

约翰·汉考克·奥蒂斯

说到民主，同胞们，
你们是不是准备好同意
我，这个诞生于庄园并继承财富的人，
在匙河再无人
像我这样投身于自由事业？
而我的同龄人，安东尼·芬德利，
生在一间窝棚开始他的人生
最初是给铁路护路工端茶倒水的小工，
然后成长为一名护路工，
再后来成为工头，
直至升任铁路主管，
生活在芝加哥。
他毫不留情地奴役司机，压榨他们
他是可恨的民主的大敌。
我跟你说，匙河，
对你说，噢，共和民主制，
当心从着工装裤的工人上升到权力顶峰的人。

安东尼·芬德莱

都是为了这国家和这人类，
既为了国家也是为了人类，
被畏惧真是比被爱戴更好。
如果这个国家宁肯放弃
每个国民的善意
而不是放弃它的财富，
我说一个人失去
金钱真是比失去朋友更糟糕。
我撕碎帷幕去隐藏那颗
拥有古老渴望的灵魂：
当人们大声要求自由的时候
他们真的寻求超越强壮的力量。
我，安东尼·芬德莱，上升到伟大
从一个卑微的运水工，
直到我可以对着数千人说"来"，
对着数千人说"去"，

确认那个国家永远败坏下去,
或者达到了善,
那儿强壮和智慧的人没有
打在迟钝和孱弱的人身上的棍棒。

约翰·卡巴尼斯

既不是刁难，公民同胞们，
也不是懒惰无能的健忘，
以及匙河民主规则下的
目无法纪和无谓消耗
令我遗弃法律党然后组建
并领导自由党。
公民同胞们！我就如有着超人视力的人一样看见
那个给了他们自己自由的
数以百万计的人群中的每一个人，
当自由失败的时候他也失败了，
持久地荒废，处于无政府状态，
那些弱者和轻率者的统治，
在建设大地的希望中死去，
犹如珊瑚虫，为了庙宇
坚持立场到最后。
我发誓为了自由的斗争将会进行到底

那场为了使每个灵魂
变得智慧和强壮的战争和适应那统治
就像柏拉图的崇高的守护者 ①
在一个共和国包围的世界中!

---

① 柏拉图的崇高的守护者,柏拉图共和国的精英哲学家国王。

无名氏

你们有抱负的人儿，听听这个无名氏的故事，
躺在这儿，没有石头去标识的地方。
作为一个鲁莽放肆的男孩，
我持枪穿越森林
在亚伦·哈特菲尔德府邸附近流浪。
我射击一只栖息在枯树顶上的隼。
它低吼着跌落
在我脚边，翅膀折断了。
然后我将它放进笼子
它在那儿待了很多天，对着我生气地呱呱叫
当我给它喂食的时候。
每天为那只隼的灵魂
我研究冥界，
如此，我也许可以给它提供友谊，
一个在生活中受伤并被困于樊笼里的人的友谊。

亚历山大·斯罗克莫顿

年轻时我的翅膀强壮,不知疲倦,
但我不了解那些山峰。
老了,我了解那些山峰
但我疲惫的翅膀跟不上我的视野——
天才是智慧加年轻。

乔纳森·斯威夫特·萨默斯[①]

在你已经充实你的灵魂

到达那至高点以后,

随着书本,思想,苦痛,对众人性格的了解,

那用来诠释眼神和静默的力量,

那些占星家和预言家,

在蜕变的关键时刻迟疑了;

因此你感觉时时有能力去掌控这个世界

如同握在手中;

然后,如果,通过如此多力量的聚集

进入你灵魂中的指南针,

你的灵魂着了火,

而在你灵魂的熊熊大火里

[①] 乔纳森·斯威夫特·萨默斯,整部《匙河集》倒数第二首诗《匙纪》的作者。

世界的邪恶被点燃且变得清晰——
如果在这至高愿景的时刻里,请感恩
人生不是拉小提琴。

寡妇麦克法兰

我是寡妇麦克法兰,
整个村庄的地毯编织工。
我可怜你们仍然在人生的织布机中,
你们这些对着梭子歌唱
并深情注视手中工作的人,
如果你们抵达憎恶的、可怕真相的那一天。
因为那件正被编织的生活的外套,你知道的,
一个隐藏在织布机下的图案——
一个你永远看不见的图案!
而你轻松地编织,一边唱着,唱着,
你守护着爱情和友谊的线头
为了金色与紫色的宏伟图案。
多年以后他人的眼睛仍可看见
你已编织一件月白的外衣般的条带,
你深情地笑着,希望
将爱与美丽的外形覆盖其上。

那织布机一下就停了！那图案没了！
你在房间里独处！你已经编织了一件裹尸布！
它的憎恨将你放置其中！

卡尔·汉布林

匙河《号角报》报社被捣毁,
我被涂上柏油粘上羽毛,
因为在芝加哥绞死无政府主义者那天,我刊登了这篇文章:
"我看见一个美妇人,绷带蒙着双眼,
站在一座大理石庙宇的台阶上。
群众蜂拥着从她面前走过,
悲哀地向她仰视着。
她左手握着一把剑,
胡乱挥舞,
忽而袭击一个孩子,忽而一个工人,
忽而一个虚弱的女人,忽而一个疯子。
她右手拿着一杆天枰;
那些躲过剑锋的人,
往天枰里投掷金币。
一个身披黑袍的男人宣读一份手稿:

'她待人一视同仁。'
这时一个戴红帽的年轻人
猛冲到她的身边,一把扯下绷带。
看哪,在溃烂的眼睑下,
她的睫毛早就烂掉;
眼球萎缩,蒙上一层乳白色黏液;
一个垂死灵魂的疯狂
写在她脸上——
群众终于明白为什么她戴着绷带。"

温登编辑

为了看到每个问题的各个方面;
为了站在每一方,成为任何事物,任何时刻;
为了某种企图而歪曲真相,
为了滥用人类家庭伟大的情感和热情
以卑鄙的设计,以狡猾的结尾,
带上如同希腊演员那样的面具——
你的八页报纸——在你后面蜷缩着,
通过大型麦克风嚎啕哭叫着:
"这是我,巨人。"
同时又像鬼鬼祟祟的小偷般生活着,
用你偷偷摸摸的灵魂的匿名字眼下毒。
为了金钱洗刷丑闻上的污垢,
为了报复而散布流言蜚语,
或者为了报纸销量。
如果需要,就进行诽谤或置人于死地,
不计任何代价去赢取一切,除了你自己的生命。

甩开文明的束缚,在恶魔之力中狂喜,
犹如偏执的男孩在火车轨道上放置一段原木
使特快列车出轨。
去成为一名编辑,像我这样。
此时此刻我躺在河畔的这块墓地,
这儿,村庄的污水流过来,
空罐头和垃圾被倾倒在此,
流产的胎儿也隐藏其间。

尤金·卡曼

罗兹的奴隶！终日售卖鞋子和格子棉布，
面粉与培根，工装裤与衣服，
一天十四小时，一年三百一十三天
如此超过二十年。
每天一千次地说着"是的，女士"，"是的，先生"，"谢谢你"
为了一个月十五美元的薪水。
在"商场"这辆格格作响的破汽车臭烘烘的空间里活着。
被强迫去上主日学校，去倾听
艾布纳·彼特牧师一年一百零四次
每次超过一个钟的布道，
因为托马斯·罗兹不仅经营这商店和银行
还经营这个教堂。
所以当那天早上试戴领带时
我忽然看见镜子里的自己：

头发全灰白了，脸像一个湿透了的派。
所以我诅咒又诅咒：你这该死的老东西
你这懦弱的狗！你这腐朽的乞丐！
你这罗兹的奴隶！直到罗杰·鲍曼
以为我正和什么人打架，
赶紧通过气窗看进来
见我摔倒在地板成堆的杂物上
头破血流。

克拉伦斯·福西特

尤金·卡曼的突然死亡
使我进入将要晋升到每月十五美元薪水的队伍里，
那天晚上我告诉了妻子和孩子们。
但那没有发生，所以我想
老罗兹怀疑我偷盗
那些我顺走并销赃的毛毯
以支付我小女儿的医疗费。
然后晴天霹雳般老罗兹指责我，
并承诺如果我认罪
将因为家庭的缘故宽恕我，
所以我认罪，
我也恳求编辑们
乞求他们不要将这件事公诸于报纸。
那天晚上警员从家里带走我
每份报纸，除了**号角报**，

像窃贼般报道我
因为老罗兹是一个广告商
想要我成为反面例子。
噢！好吧，你知道孩子们哭成一团，
我妻子可怜并且憎恨我，
而我又如何到这儿躺着。

W.洛伊·盖瑞森·斯坦德[1]

素食者,非暴力抗暴者,自由思想者,伦理道德上的基督教徒;

演说者擅长英格索尔[2]莱茵石般的节奏;

食肉的,复仇者,信徒和异教徒;

禁欲的,滥交的,易变的,不忠的,虚荣的,

傲慢的,带着骄傲为可笑的事物作斗争;

带着一颗被戏剧性的绝望蚯蚓挖空的心;

穿着漠不关心的外衣去掩藏战败的羞愧;

我,理想化的废奴主义者的孩子——

参半诞生的《布兰德》[3]的类别。

其他什么事情可能发生,当我为

---

[1] 威廉·洛伊·盖瑞森(1805—1879),一个大胆的,热烈和不妥协的废奴主义者。

[2] 英格索尔,罗伯特·格林·英格索尔(1833—1899),伊利诺伊州律师和政治家,因他的不可知性论的演讲和布道而著名。

[3] 《布兰德》,易卜生关于一个年轻神职人员的戏剧,他的"不全则无"的不妥协的道德伦理原则导致他精神危机。

烧了法庭房子的爱国流氓辩护，

匙河有可能会有一幢新的房子，

而不是向法庭陈述他们有罪？当金西·基恩用光之矛移除

我生活的硬纸皮面具，

除了潜逃我可以做什么，比如我自己的兽性，

自幼年时养大，在一个角落低声咆哮？

我人生的金字塔没有价值，除了是一个沙丘，

无一定型制的不毛之地，最终被暴风雨破坏。

新来的教授

所有人都嘲笑普里查德
买了如此强有力的引擎
以至毁坏它自己,甚至毁了用它来运转的磨床。
有一个关于宇宙尺寸的笑话:
对大自然的强烈愿望使男人
大脑里的精神生活进化了——
噢,这世界的奇迹!
那和猿与狼非常相似的大脑
获取食物和藏身之地,并繁殖它们自己。
大自然使男人做这些,
终究——(虽然他灵魂的力量
在徒然的消耗中转着圈,
在上帝的磨坊上碾磨它自己)——
除了获取食物和藏身之地,并繁殖他自己!
在世上,她让他无事可做。

拉尔夫·罗兹

他们所说的都千真万确：
我毁了父亲的银行，因为借贷
做小麦生意；这也没有半点掺假——
我同样为他买入小麦，
因为教会的缘故
他不能用自己的名字为这交易付定金。
当佐治·里斯服刑的时候
我在追逐镜花水月般的女人，
和纽约红酒的嘲弄。
这是酒色致命的疾患——
生命里一无所有。
但是试想下你的头发已灰白，佝偻着腰，
在一张满是香烟头和空杯子的桌子旁，
听到一个敲击声，你知道这是
被弹出的瓶塞长久淹没的声音。
还有娼妓的孔雀般的尖叫——

你朝上看去，那儿有你的盗贼，
他等着直到你的头发灰白，
然后你的心脏蹦跳着对你说：
游戏结束了。我一直召唤你，
出去到百老汇大街上，被辗过，
他们将用船运你回匙河。

米奇·艾姆·格鲁

这如同生活中所有其他事物:
身外之物拖我后腿,
我自身拥有的力量从未使我失败。
为什么,有段时间我努力赚钱
为了可以离开去学校,
但我的父亲突然需要帮助
我不得不把全部积蓄给他。
在匙河我什么都得干,
就这样持续着,直到我完蛋。
于是,当我得到清洁水塔的活儿,
他们把我吊起,有七十英尺高,
在塔的顶部光滑的钢铁檐口上——
我把绳索从腰部松开,
笑着挥动我巨大的手臂。
但他们从暗藏危险的黏滑泥浆中滑落,
下降,下降,下降,我猛冲
穿过咆哮的黑暗!

萝西·罗伯茨

我病了,还不止,我疯了
因为欺诈的警察当局,因为生活欺诈的游戏。
我写信给皮奥里奥的警察局长:
"我在这儿,在匙河我少女时代的家里,
日渐消瘦。
因为他要带走我,在卢女士青楼里,
我杀了商业大亨的儿子。
而报纸说他在家里擦洗一杆猎枪时
误杀了自己——
谎言像恶魔一般掩饰着丑闻,
因为传媒业被贿赂。
在卢女士青楼我的房间里,我射杀了他,
因为他狠揍我,令我摔倒,当我说
即使他用他全部的钱做筹码,
那晚,我也要见我的爱人。"

奥斯卡·胡默尔

我蹒跚着穿过黑暗，
那儿有薄雾弥漫的天空，稀朗的星星
那些我全力去追逐的星星。
九点整，我努力尝试返家。
虽然一直认真沿街道走。
但却稀里糊涂迷了路，
然后我摇晃着穿过一扇大门进入院子，
声嘶力竭地大叫：
"噢，小提琴手！噢，琼斯先生！"
（我以为这是他的房子，他会告诉我回家的路。）
但走出来的却是艾·迪·布莱迪，
穿着睡袍，挥舞着一根木棍，
诅咒那些该死的酒吧，
还有他们所犯的罪行？
"你这酗酒的奥斯卡·胡默尔！"，他大骂，

而我左右躲闪着,
被他手中的棍棒反复重击
直到我跌倒,死在他脚边。

约西亚·汤姆金斯

我很知名,受人爱戴,
而且富有,在可估算的财产里。
在匙河,我曾经一直生活和工作的地方。
那是我的家,
尽管我全部的孩子都已远走高飞——
那非常自然——除了一个。
那男孩,那个小婴儿,待在家,
在我年迈的岁月中成为我的助手,
也成为他母亲的安慰。
但是我变得越来越衰弱,而他变得越来越强壮,
因为生意他和我吵架,
他妻子也说我是负担;
他促使母亲一直向着他,
直到他们令我离乡背井,跟他们一起移民
到她童年时密苏里州的家。

最终，我的巨额财富都散尽了，
不过当他正挥霍的时候，我立了遗嘱，
他用它没赚什么钱。

罗斯科·帕克派勒

她爱我。噢!她多爱我!
我从无机会逃脱
从她看到我的第一眼起。
当我们结婚后我想
她可能会死,如果我离开,
或者和她离婚。
但很少有人死,无人会认输。
然后我私奔逃走,闹着玩般走了一年。
但她从未抱怨。她说一切会好起来的,
我会回来的。而我真的回来了。
我告诉她当我乘坐一艘划艇时,
在范布伦街附近被密歇根湖的海盗俘虏了,
被锁链锁住,所以我不能给她写信。
她哭着吻我,说这太残忍了,
太离谱了,太没人性了!
随后我总结我们的婚姻

是一桩神圣的天命
是不可能被拆散的,
除了死亡。
我对了。

帕克派勒太太

他私奔了,走了一年。
当他回家,他告诉我那个愚蠢的故事
那个被密歇根湖海盗绑架
被铁链锁住以致无法写信给我的故事。
我假装相信了,虽然我非常了解
他做了什么,还有他时不时约会
那女帽制造商,威廉姆斯太太,
当她去城里购置货物时,如她所说。
但是承诺就是承诺
婚姻就是婚姻,
出于对我拥有的角色的尊重
我拒绝卷入一场丈夫计划的离婚事件中
仅仅由于他对婚姻的誓言和责任感到疲倦。

凯斯勒太太

凯斯勒先生,你知道的,在军队里,
他每月领取六美元养老金,
还在角落里谈论政治,
或者坐在家里读《格兰特回忆录》;
而我靠洗衣支撑这个家,
并从人家的窗帘,床单,衬衫和裙子
了解所有人的秘密。
衣物从簇新总要变得老旧,
他们会用更好的替换或根本不换:
折射人们是在发达还是衰落中。
而租金和补丁随着时间扩大;
没有线和针可以抵挡老化的速度,
还有肥皂难以清洗的污渍,
还有不知不觉褪去的颜色,
尽管因为损坏一条裙子你被责备。
手帕,桌布,拥有它们的秘密——

洗衣妇了解全部人生。
而我，那个在匙河参加过所有葬礼的人，
我发誓死者的脸看起来
就像要浆洗和熨烫的衣服。

哈蒙·惠特尼

挣脱了城市的灯光和喧嚣,
顺流而下犹如匙河中的一朵火花,
燃尽了酒的火焰,然后支离破碎,
在自卑中我接受作为一个女人的姘头,
但也是为了隐藏受创的骄傲。
被乡村狭隘的思想审判与厌恶——
我,天赋好口才而且聪慧,
竟沉沦在这低级法院的尘埃中,
乱糟糟的怨恨和冤枉中一个衣衫褴褛的拣拾者,——
我,那个命运朝我微笑的人!在村子里,
从那黄金岁月的传说中,
我对着目瞪口呆的乡巴佬滔滔不绝吟诵长篇累牍的诗文,
或突然用一个下流笑话引起一阵哄笑
当他们用酒精点燃我垂死的思想。

由你来审判，
我的灵魂躲避你，
带着因对妻子之爱导致的溃烂伤口
以及她冷酷苍白的乳房，不忠的，纯粹的，严峻的，
残酷无情直到临终，触摸她的手，
在任何时候，都将治愈我的斑疹伤寒，
在众人迷失的生活的丛林中被抓住。
只要去想想我的灵魂不可能重演，
像拜伦的诗篇那样，在吟唱中，在尊贵中，
却扭动它自己像一条被折磨的蛇——
就以这种方式审判我，噢世界！

伯特·凯斯勒

我放飞我的鸟,
即使他向着落日飞去;
他翱翔,越来越高,穿过斑驳的金色光线,
但是枪声也正响起,
他整个翻过来,羽毛惊悚地竖起,
伴随着他,一种坠落感在附近漂浮,
感觉就像铅锤坠入草地。
我到处游荡,向纠结告别,
直到我看见树桩上的一滴鲜血,
那只鹌鹑躺着,靠近腐朽的树根。
我伸出手,却没看到荆棘,
但某物刺痛它,蛰它,使它麻木。
然后,一瞬间,我看到那响尾蛇——
瞳孔在他黄色的眼睛里瞪得溜圆,
他拱起的头,缩回到他圆环的身形中,
污秽的圆环,骨灰的颜色,

或者层叠的树叶下褪色的橡树叶子。
我呆若石头，当他蜷缩并弹展开
开始在树桩之下匍匐前进，
而我在草丛里乏软无力地倒下。

兰伯特·哈钦斯

除了这个花岗岩的方尖碑我还有两处遗迹：
一个，我在山上建房子，
带尖顶，湾景凸窗，石板瓦屋顶；
另一个，在芝加哥湖滨，
那儿的铁路保留了一个调车场，
伴随着机车的汽笛声，车轮的嘎吱嘎吱声，
还有扬满城市的烟雾和粉尘，
还有林荫大道上汽车的相撞，——
污点，犹如海港上的猪圈
宏大多元大都市的海港，肮脏恶臭如猪圈。
我以众议院的选票
给予还没出生的一代这个遗产。
那东西的诱惑是
从永不终结的需求斗争中即将得到安息，
并且给予我女儿高贵的教养，
和生命中的安全感。

但是，你看，虽然我有府邸大宅
旅行护照和本地荣誉，
无论我走到哪里，
我会听到那些窃窃私语，窃窃私语，窃窃私语，
我的女儿们长大了
一副随时要被人袭击的惊恐模样；
她们因此发狂般地结婚，手忙脚乱，
只是为了出去，能有一个改变。
而这全部生意的价值是什么？
为什么，连狗屁都不如！

莉莲·斯图尔特

我是兰伯特·哈钦斯的女儿，
出生于谷物磨粉坊附近的一间农舍，
在山上那座
带尖顶，湾景凸窗，石板瓦屋顶的府邸长大。
我母亲对那座府邸多么自豪！
对于父亲在这世上的成功多么自豪！
而且父亲那么爱我们，满眼慈爱，
守护着我们的幸福。
但我相信这座房子是诅咒，
因为父亲的财富几乎全部消耗其中；
而当我丈夫发现竟是和
一个货真价实的穷姑娘结婚，
他用那些尖顶来嘲笑我，
并称那座房子是世上的骗子，
是对年轻男人奸诈的诱惑，
令他对根本不存在的嫁妆充满企盼；

而一个正推销选票的男人
将从人们的背叛中获得足够理由
用墙把他整个家庭圈护起来。
他对我的生活恼羞成怒,直到我回家
为我父亲看房子,
像老女佣般生活,直到死去。

霍顿斯·罗宾斯

我的名字过去常出现在日报上,
或在某处用餐,
或在某处旅行,
或在巴黎租了房子,
在那儿我取悦那些贵族。
我永远在用餐或者旅行,
或正在巴登-巴登①疗养。
现在我为了争光
为匙河,在这儿我家族之根旁边。
现在没人关心我去哪用餐,
怎样生活,或者我去取悦谁,
或者隔多久我会去巴登-巴登疗养!

---

① 巴登-巴登,德国靠近法国边境著名的温泉城市,位于黑森林的边缘,是一座安静的小城。

巴特顿·多宾斯

我的遗孀是不是偷偷地
从麦基诺迁居到洛杉矶?
休息、沐浴,然后在那张有汤、肉食
和精致甜点、咖啡的桌子边上坐上一小时或更长时间?
在壮年时期由于
劳累过度和焦虑,我被裁员
但我一直都以为,无论发生什么事情
我一直在买保险,
在银行里有存款,
还有马尼托巴德的一块土地。
但当我滑倒时我有了一个
在最后神经失常时看到的景象:
我看见我自己躺着被钉在一个盒子里
带着一条白色领带和一朵插在纽扣孔的花,
而我妻子正坐在一个寡妇旁边

在某处遥远的俯瞰海洋的地方；
她显得如此精力充沛，红润肥胖，
虽然她的头发花白了。
然后她微笑着对一个深肤色的侍应说：
"另一片烤牛肉片，乔治。
这是麻烦你的五分钱。"

雅各布·戈比

感觉怎样，你们这些自由主义者，
挥霍你们的天赋在小酒馆周围
号召高尚的理由，好像自由权
不在其他任何地方，而是在酒吧
或者在一张桌子上，大吃大喝的时候？
感觉怎样，本·潘尼特，还有其他人，
差点因为我是个暴君而向我掷石块，
装扮成道德卫士，
犹如歪脸禁欲者对着约克郡布丁皱起眉头，
对着烤牛肉，啤酒，善意以及红润的脸颊——
在你生命底层的小酒馆里从没见过的东西？
感觉怎样，当我死了以后，
你们的女神，自由权，露出婊子的真面目，
出卖匙河的街道
给那些傲慢无礼的大人物
他们远程操控酒吧？

这是否让你想起个人自由权
是思想的自由,
而不是肚皮的饕餮?

沃尔特·西蒙斯

我的父母认为我将会

和爱迪生一样伟大或更伟大:

因为在年少时我制造出气球,

不可思议的风筝,带闹钟的玩具,

有轨道并运行的小小机车

还有用罐头和线做成的电话。

我演奏小号,画画儿,

用陶土倒模并扮演了

《八分之一黑人血统的黑白混血儿》①中的恶棍。

但随后在二十一岁我结婚了

不得不养家糊口,为了生活

我学习制售手表的买卖

并在广场开了家珠宝店,

---

① 《八分之一黑人血统的黑白混血儿》,狄昂·伯西考特(爱尔兰演员和剧作家,被纽约时报称为19世纪最引人瞩目的英文剧作家)于1859年创作的一部关于奴隶的音乐剧。

钻研着，钻研着，钻研着，钻研着，——
不是关于生意，而是关于那机车
我研究微积分去建造的机车。
所有匙河人关注着等待着
想看它成功运行，但它从未成功过。
一些人相信我的天赋
被生意破坏了。
这不是真的。真相是：
我没有智慧。

汤姆·比提

我是像哈蒙·惠特尼,
金西·基恩,盖瑞森·斯坦德一样的律师,
因为我即使用灯光
也在尽力维护财产权益,
三十年来,在歌剧院的扑克牌房里。
我告诉你,人生就是一个赌徒,
头脑和承受力都胜过我们的赌徒。
没有在世的市长可以关掉那房子。
如果你输了,你可以如你所愿高声尖叫;
你将永远无法拿回你的钱。
他使那利润分成很难被破除;
他边洗牌边抓住你的弱点
不去碰你的强项。
他给你七十年时间玩:
如果在七十岁你赢不了
你压根就不可能赢了。

所以,如果你输了,就滚出这个房间——
当你的时间到了就滚出这个房间。
它的意思是让你坐下来,一边摸索着牌,
一边诅咒你的损失,无神采的眼睛,
哀鸣着尝试又尝试。

罗伊·巴特勒

如果博学的伊利诺伊州最高法院
就像了解这一桩强奸案那样,
了解每个案子的秘密
它将成为世界上最伟大的法庭。
一个陪审团,大部分是邻居,以"大老粗"威尔迪
为陪审团团长,十分钟内确定我有罪
而两张票是有关这个情况:
理查德·本德尔和我因为一个栅栏发生纠纷,
而我妻子就艾佩瓦比塔布莱·格罗韦是不是更好的城镇
和本德尔太太争吵。
一天早晨我醒来,上帝之爱
从我心里满溢出来,我去看望理查德
以耶稣基督之名去装好那栅栏。
我敲门,他妻子打开门;

她微笑着请我进门。我进去了——
她砰地一下关上门,开始尖叫,
"拿开你的手,你这下贱的流氓!"
就在那时她丈夫进来了。
我摇着手,紧张得说不出话。
他去找枪,我趁机逃跑了。
无论是高级法院还是我的妻子都不
相信她说的每一个词。

瑟西·富特

我想离开去上大学
可有钱的珀西斯阿姨不愿帮我。
于是我修造园囿，整理草坪
用挣的钱买了约翰·奥尔登的丛书
如此艰难度日。
我想和迪莉娅·普里基结婚，
但凭我的收入怎能做到？
而珀西斯阿姨已经七十多，
她半死不活地坐在轮椅里，
她患有咽喉神经麻痹，在吞咽时
汤汁从她犹如鸭子的嘴里流淌出来——
然而一个美食家，将她的收入
投资到抵押贷款中，将所有时间消耗在
她的笔记、租金和文件里。
那天我正在为她锯木头，

间或读点蒲鲁东①。
我走进房子去喝水,
她坐在椅子里睡着了,
蒲鲁东的书就摆在桌子上,
一瓶哥罗芳②在那书上,
她用它来治牙痛!
我把哥罗芳倒在手帕上
捂着她的鼻子弄死她。——
噢迪莉娅,迪莉娅,是你和蒲鲁东
拽住我的手,而那验尸官
说她死于心力衰竭。
我和迪莉娅结了婚,得到那些钱——
对你开个玩笑,匙河?

---

① 蒲鲁东,皮埃尔-约瑟夫·蒲鲁东(1809—1865),法国改革家和社会理论家,他在关于财产的论文中以"财产即盗窃"这个主张开头,在这儿是出于讽刺的缘故去提及。
② 哥罗芳,即三氯甲烷,旧时的医用麻醉剂。

埃德蒙·波拉德

我希望已经将我肉体的手用力插入
大批蜜蜂出没的管状盘花里,
进入镜像般的火焰核心
那生命之光和快乐太阳的火焰核心。
为了花瓣或射线光晕的
类似价值是什么?嘲弄,
那花朵心脏和火焰中心的阴影!
全都是你的,年轻的过客;
带着想法进入那宴会厅;
不要悄悄溜进去好像你被怀疑
无论你是否受欢迎——那盛宴是你的!
当你饥饿的时候
不需要只拿一点点,
却用一句忸怩的"谢谢你"拒绝更多的。
你的灵魂还活着吗?那就喂饱它!
没有留下你可以攀爬的阳台;

也没有你可以休憩的牛奶般雪白的乳房；
也没有枕头上的金色脑袋去分享；
也没有葡萄酒尚甘甜时的酒杯；
也没有身体或者灵魂的狂喜，
你将会死去，不要怀疑，但要在活着时死去
在蔚蓝深处，沉迷和交配，
吻着蜂后，人生！

托马斯·特里维廉

深入阅读奥维德的依提斯悲伤故事，
忒柔斯和普洛克涅的爱情之子，被毁灭了
因忒柔斯对于菲洛米拉的罪恶激情，
他的肉体通过普洛克涅服务于忒柔斯，
服务于忒柔斯的愤怒，那女凶手的追捕
直到上帝使菲洛米拉变成一只夜鹰，
月升时的鲁特琴，而普洛克涅变成一只燕子！
噢希腊诸世纪的居民和艺术家一去不返，
焊封在小小香炉里的梦想和智慧，
超越所有价值的香烛，永远馥郁，
对着它吸一口气让灵魂的眼睛变得清澈！
我在匙河吸到它的甜蜜芬芳多好啊！
那香炉打开了，当我活着并知道
我们全部人是怎样扼杀了爱的孩子，以及全部的我们，
知道不是我们做了什么，吞噬他们的肉体；

我们全部人转变为歌者,虽然
　　在我们的生命中只有一次,或者改变——啊呀!——变成燕子,
　　在寒风和落叶中啁啾!

珀西瓦尔·夏普

观察紧握的手!
那是辞行还是会面的手,
我帮助的手还是帮助我的手?
带着一只朝下的大拇指,像埃拉加巴卢斯[①]那样,
是否是很难被雕刻好的手?
而那远处的东西是一条碎裂的铁链,
可能是最薄弱环节的理念——
但它是什么?
而羊群,一些羊躺下来,
其他的站着,好像在聆听牧羊人——
其他的承载着一个十字架,一只脚提起来——
为什么不雕刻屠宰场?
那倾倒的柱子!雕刻那基座,拜托,

---

① 埃拉加巴卢斯,堕落而残暴的罗马帝国塞维鲁王朝的皇帝;朝下的拇指是圆形竞技场里角斗士死亡的信号。

或者那地基；让我们看到引发倾覆的原因。
而指南针，教数学的仪器，
陷在讽刺佃农的愚昧中，
他们无法区分决定性因素和旁枝末节。
而锚，是给从未起航过的船。
而大门半敞着——是的，它们全都这样；
你让它们开着，而离群的山羊进入你的花园。
独眼注视着就像阿里玛斯普人①的一员——
你们也是——带着一只眼睛。
天使们吹着号角——你们是先驱——
它是你的号角，你的天使，你家族的估价。
这全都很好，但只有我自己知道
在匙河我激起了确定无疑的震颤
我真实的墓志铭，将比石头还要持久得多。

---

① 阿里玛斯普人，神话里叙利亚的独眼族人，持续与格兰芬人战争。

海勒姆·斯凯茨

我尝试着去赢得提名
作为县议会的主席
我在全县各地发表演讲
声讨我的竞争对手所罗门·佩普，
那人民的敌人，
联盟里的头号仇敌。
年轻的理想主义者，伤残的战士们，
拄着一根希望的拐杖蹒跚着，
支撑他们的是基于真理的灵魂，
于天堂竞标中的世界的失败者，
蜂拥在我周围，追随着我的声音
作为这个县的救世主。
但是所罗门赢得提名；
而我改变主意，
召集我的追随者支持他，
使他成为胜利者，使他成为

黄金山之王①，随着那扇我刚进入即关上的门，
被所罗门邀请而受宠若惊，
成为县议会秘书。
而我所有的追随者站在寒风中：
年轻的理想主义者，伤残的战士们
拄着一根希望的拐杖蹒跚着——
支撑他们的是基于真理的灵魂，
于天堂竞标中的世界的失败者，
注视那恶魔在黄金山上
踢走千禧年。

---

① 黄金山之王，是格林童话中的一个故事，一个流浪的年轻人抵挡住妖术去加入一个王国。

法勒·梧格

马匹和男人们正相似。
这是我的种马,比利·李,
猫一样黝黑,鹿一样修长,
带着火焰般的独眼,渴望去开始,
在匙河附近的赛事上
他可以跑出最快的速度。
正当你想着他不可能失败,
由于领先五十码或者更多,
他却尥蹶子,甩掉骑手,
并且整个翻转过来,扭动着,
完全垮了。
你明白他是个完美的骗子:
他赢不了,工作不了,
他太轻不能驮东西或去犁地,
而且休想从他那儿得到公驹。
当我尝试着去驾驭他——好吧,
他逃跑了,并杀了我。

捷杜森·霍利

将会有一阵敲门声
我在半夜起身去商店,
晚归的游客会听到我锤打着
阴森的木板,缝补色丁。
我经常想谁将和我一起去
那遥远的地方,名字是讨论的主题,
因为我已观察到
人们在一周内总是两个两个地死去。
蔡斯·亨利和伊蒂丝·柯南特是一对儿;
乔纳森·萨默斯和威利·梅特卡尔夫;
编辑汉布林和弗朗西斯·透纳,
当他祈祷要比编辑温登活得更久;
还有托马斯·罗兹和寡妇麦克法兰;
艾米莉·斯帕克斯和巴利·霍顿;
奥斯卡·胡默尔和戴维斯·马特洛克;
编辑温登与小提琴手琼斯;

费丝·马塞尼和多卡丝·加斯廷。
还有我,这个镇上一本正经的男人,
和黛西·弗雷泽一起离开。

亚伯·梅尔文尼

我买了所知的每一种类型的机器——
磨床，去皮机，播种器，割草机，
研磨机，耙地机，犁地机，脱粒机——
它们全部日晒雨淋，
生锈变形，破旧不堪，
因为我没有棚舍储藏，
它们中的大部分都没有使用过。
然而最终，当我仔细考虑它的时候，
从我的窗户望出去，逐渐清晰起来
关于我自己，当我脉搏慢下来，
看着我买的研磨机中的一个——
我对它从无所求，
正如事实证明，我从来没开动过——
一部很好的机器，曾经油漆锃亮，
渴望干活，

现在它的油漆已经剥蚀——
我明白自己正是一部好机器
但生活从未使用过。

奥克斯·塔特

我母亲维护妇女权利
我父亲是伦敦富有的磨坊主。
我梦想纠正世界的不公。
当我父亲死的时候,
为了学习怎样去改造这个世界,
我动身去观察人民和国度。
我游历过许多地方。
我看到罗马的遗迹,
雅典的遗迹,底比斯的遗迹。
我坐在孟菲斯的大墓场的月光中。
在那儿我被火焰的翅膀施以魔法,
一个来自天堂的声音对我说:
"不公正,虚伪毁了他们。前进!
去宣扬公正!宣扬真理!"
我急忙跑回匙河
在开始我的工作前去和我母亲告别。

他们都看见在我眼里有一道奇怪的光芒。
渐渐地,当我讲话时,他们发现
有什么已进入我的思想。
然后乔纳森·斯威夫特·萨默斯向我挑战辩论
这个话题,(我作为反方):
"本丢·彼拉多,世界上最伟大的哲学家。"
而他赢得这场辩论,因为最后他说,
"在你改造世界之前,塔特先生
请回答本丢·彼拉多的这个问题:
'什么是真理?'"

艾略特·霍金斯

我看起来像亚伯拉罕·林肯。
我是匙河所有团体中的一员,
除了主张财产权和秩序的团体。
一个虔诚的信徒,
有时在城镇市民大会上出现,警告你们
去反对贪婪和嫉妒的邪恶,
去声讨那些拼命要毁坏联盟的人,
去指出劳方骑士团体①的危害。
我的成功和我的例子必然
会对你们这些年轻人和子孙后代产生影响,
虽然受到诸如号角报等新闻媒体抨击;
当议会开会时,
一个斯普林菲尔德的常客,
去阻止突击围捕在铁路上,

---

① 劳方骑士团体,早期的亲如兄弟的劳工联盟。

建立这个国家的人。
被他们和你信任着，匙河，平等地
不屑于我是说客的传闻。
安静地移动着穿越这个世界，富有并被奉承。
当然最终死了，但还躺在这儿
在一块石头下面一本打开的书上雕刻着
这样一句话："在天国的正是这样的人。"①

而现在，你们这些拯救世界的人，你们在生活中一无所有
死了连石碑和墓志铭都没有，
你们喜欢用嘴上的沉默
把我大获成功的生涯变成微不足道的尘埃吗？

---

① "在天国的正是这样的人"，语出《圣经·马太福音》。

伏尔泰·约翰逊

为什么你用你粗糙的地方挫伤我
如果你不想我告诉你他们的事情?
并且用你的愚蠢行为窒息我,
如果你不想我揭发他们?
并且用残酷的钉子来钉我,
如果你不想我拔起那些钉子
并把它们猛甩到你脸上?
然后饿我因我拒绝顺从你,
如果你不想我去逐渐削弱你的暴行?
我可能已经如同威廉·华兹华斯
一样是平静的灵魂了,假如没有你!
但你是多么懦弱,匙河,
当你用描述真理之剑
驱使我去站在魔法阵里的时候!
然后发牢骚诅咒你的烧伤,
诅咒站着并大笑着
在讽刺的闪电中心的我的力量!

英吉利·桑顿

这儿！你们这些
与华盛顿在福吉谷作战的男人的儿子们，
你们在饥饿岩蹂躏了黑鹰镇，
起来！与那些后裔们作战
他们在卢普①还是一片荒地时就买了土地，
他们向格兰特的军队出售毛毯和枪支，
他们在更早时期坐在州议会里，
从铁路建设中收受贿赂！
起来！与那些花花公子和虚张声势的人作战，
那些报刊社会新闻专栏里的伪善者和女戏子，
以及把女儿嫁给伯爵的乡巴佬；
还有那些伟大思想里的寄生虫，
还有伟大事业的喧闹骑手，
还有古代强盗的继承人。

---

① 卢普：芝加哥的中心城区"卢普区"。

起来!将这城市变成你们自己的,
这国家也是你们自己的——
你们这些苏格兰东北岸与挪威西南岸之间海域的
吃苦耐劳、携马当兵的农民的儿子们!
上帝作证!如果你们不去毁灭这些害虫
我复仇的鬼魂将会彻底摧毁
你们的城市和你们的国家。

伊诺克·邓拉普

多少次了，在这二十年当中
我是你们的领袖，匙河的朋友们，
你们是不是忽视了那些大会和小组会议，
留下我独自承担
保卫并拯救人民的事业？——
有时候因为你病了；
或者你奶奶病了；
或者你喝多了睡着了；
或者你说："他是我们的领袖，
一切都会好起来的；他为我们而战；
我们只有追随他。"
但是噢，当我倒下的时候你们诅咒我，
诅咒我，一边控诉我背叛了你们，
在离开小组会议室的那一会儿，
人民的敌人，在那聚集，
伺机去破坏

人民的神圣权利。
你们这些乌合之众!我不过是
离开小组会议去撒尿!

艾达·弗里克

生活中没有什么是你不熟悉的：
我是从萨门来的一贫如洗的女孩
那个乘早班火车到匙河的女孩。
所有我面前的房子都紧闭大门
拉上窗帘——我被排斥在外；
我几无立锥之地。
我路过老麦克尼利的府邸，
那是一座石头城堡，中间有人行道和花园，
有工人在值班守卫，
凭借主人的高贵傲气十足，
州和县政府也都支持它。
我太饿，以致产生幻象：
我看见一把巨大的剪刀
从天而降，像挖掘机的长臂，
把房子像幕布那样剪开。
但是在最惹眼的地方，我看见一个男人，

当我询问就业情况时,他向我使眼色——
那是华盛顿·麦克尼利的儿子。
他证明一系列头衔的纽带
给了我那府邸的一半所有权,
通过对承诺的毁约匹配了——那把剪刀。
因此,你看,那所房子,从我出生的那天起,
只是为了等着我。

赛斯·康普顿

当我死的时候,我为匙河建立
并管理着眼于弘扬探索精神的流动图书馆,
在人民广场的拍卖会上被出售,
似乎要抹去关于我的最后一点痕迹。
因为你们不理解巴特勒"类比"[1],不理解伏尔尼"毁灭"[2],
不理解"伊万杰琳",也不理解"浮士德",
你们这些不能领会美德的人
是这村庄实实在在的力量,
你们经常问我,
"了解这世上的恶魔有何用?"
现在我给你让路了,匙河,
选择你拥有的善并称之为善。

---

[1] 约瑟夫·巴特勒(1692—1752),重要著作《宗教类比》的作者,那本书寻求自然的和谐,捍卫基督教反对自然神教。
[2] "毁灭",作者伏尔尼,一个广泛的自由论者。

因为我从来不能令你明白
不知道什么是邪恶的人，
就不会知道什么是善；
而不知道什么是假的人，
也就不会知道什么是真。

菲力克斯·施密特

这是一幢只有两居室的小房子——
如同小孩的玩具房子——
周围环绕着不到五英亩土地；
而我有这么多孩子要喂养
供他们上学，给他们买衣服，
还有一个因生孩子而生病的妻子。
一天，惠特尼律师登门
向我证实那个拥有三千英亩土地的克里斯汀·多尔曼，
在一八七一年买了八十英亩与我毗邻的土地
销售税是十一美元。
我父亲因不治之症已去世。
于是起了争执，我求助于法律。
但当我们谈到证据的时候，
一件土地测绘清晰显示那天
多尔曼的税金契据覆盖了我的土地

以及我那小小的两居室房子。
它为我的权利服务,却激励了他。
我败诉了,失去我的居所。
我离开法庭,我去工作
作为克里斯汀·多尔曼的佃户。

渔夫切斯特

我坐在贝纳多特上面的河畔
扔面包屑到水中,
只是为了看看米诺鱼互相碰撞争抢,
直到最强壮的那条得到奖品。
或者我去我小小的牧场,
那儿安静的猪儿正躺在烂泥里打滚,
或者亲切地互相拱着,
一边吃空一篮筐黄色玉米,
一边碰撞着尖叫着撕咬着,
然后我看到克里斯汀·多尔曼的农场,
吞噬了菲力克斯·施密特的一小块地,
我说如果有什么东西在男人内里——
精神,或者良知,或者上帝的气息
可以使他变得和鱼类或者阉公猪不一样,
我想去看看它起效!

理查德·博恩

当我最初到匙河的时候
我不知道他们告诉我的
是真是假。
当我工作的时候,他们围着铺子站着,
他们给我一个墓志铭,
诸如"他是大好人","他很出色",
"她是最甜美的女人","他是始终如一的基督徒"。
无论他们期望什么,我都为他们雕刻,
完全不管它的真实性。
但是后来,当我居住在这儿,生活在他们之中
我知道他们死去时订制的墓志铭
离他们的人生有多远。
但是我仍然雕刻他们付钱让我去刻的任何内容
使我自己成为那石头上虚假编年史的一部分,

正如那些历史学家
没有了解真相就仓促下笔,
或者因为被收买而刻意隐瞒。

赛拉斯·德门特

这是月光,而大地在闪烁
带着新降的霜。
这是子夜,没有一个灵魂在户外。
法院的烟囱外面
一股灰色烟雾袅绕跳跃着
追逐西北风。
我搬了一把梯子到楼道的平台上
让它倚靠于天窗的窗框上
在有圆柱的门廊的屋顶上。
我在屋顶下面和房椽中匍匐前进
在风干的木材当中
投掷了一个点燃的有油渍的垃圾。
然后爬下来,偷偷离开。
过了一会儿,火警响起——
哐啷!哐啷!哐啷!
匙河云梯消防队

带着许多水桶来,开始泼水
对着那光焰灿烂的篝火,火焰更热,
更高更明亮,直到那些墙坍塌,
石灰石圆柱的林肯立像
哗啦一声垮掉了,犹如伐木工砍倒树木……
当我从朱丽叶市①回来的时候
那儿有一间带穹顶的新法庭建筑。
所以我像所有因为未来摧毁过去的人
那样被惩罚。

———————
① 朱丽叶市,那里有一座伊利诺伊州的监狱。

狄拉德·西斯曼

那些秃鹰慢慢盘旋着
在空中宽阔的圆弧里,
若隐若现犹如从道路上掀起的粉尘里来。
而一阵风席卷着穿越我正身处其中的牧场
鞭笞着那些草变成绵延的波浪。
我的风筝在风之上,
虽然不时地摇晃着,
像一个男人摇动肩膀;
风筝尾巴即刻飘荡出去,
然后沉没去歇息了。
那些秃鹰盘旋又盘旋,
在我的风筝之上
用宽阔的飞行圆弧席卷着
那天顶。群山沉睡着。
一间农舍,雪一样白,
从绿树中窥视着——遥远地。

我注视着我的风筝,
消瘦的月亮将会在不久后点燃自己,
然后她将摇晃着像一个钟摆拨调
着我风筝的尾巴。
一道火焰喷出火舌犹如一条水龙
刺晃我双眼——
我摇动犹如一面旗帜!

乔纳森·霍顿

这儿有一只乌鸦的呱呱声,
还有一只画眉犹豫的歌声。
这儿有远处牛铃的叮当声,
在希普利的小山上一个农夫的声音。
果园外的森林仍然
带着仲夏的沉静;
沿着那条路一辆四轮马车咯咯吱吱地响,
运载粮食,去往阿特伯里。
一个老男人坐在一棵树下睡觉,
一个老女人横过那条路,
带着一篮筐黑莓正从果园那过来。
一个男孩躺在草地中
靠近那个老男人的双脚,
抬头看着那漂浮着的云朵,
渴望着,渴望着,渴望着
为了什么,他不了解的:

为了成年，为了人生，为了这未知的世界！
然后三十年过去了，
那男孩被生活累得筋疲力尽，回来了
发现那果园已消失，
那森林不见了，
那房子转让了，
那条路被汽车弄得尘土飞扬——
而他自己渴望着那座小山！

依·C.卡伯特森

是不是真的,匙河,
在新法院建筑的门厅通道里
有一块古铜的牌匾
包含了编辑温登和托马斯·罗兹的浮雕面孔?
我成功的努力是不是真的
在县议会,不争取
将不会有石头被放置在另一块上,
我自掏腰包
去建造那座庙宇,除了在人们中的记忆,
渐渐隐去,并很快消失
与他们一道直至遗忘了我躺在哪里?
老实说,我可以这样相信。
因为这是天堂之国的法律
不管是谁在最后关头进入那葡萄园
应收到一整天的薪酬。
这是尘世王国的法律

那些首先抵制好工作的人
抓住它，让它为他们所有，
当基石被奠定的时候，
纪念的牌匾也被竖立。

萨克·戴伊

这些白人在我身上开各种各样的玩笑。
当我走开去拿一个上弓弦架的时候,
他们拿走我鱼钩上的大鱼
然后放些小鱼上去,
并令我相信
我看错那条我抓住的鱼。
当伯尔·罗宾斯马戏团来到镇上
他们叫马戏团领班让一只驯服的金钱豹
进入圆形表演场,并让我相信
我正鞭打着一只像参孙般的野生猛兽
当我,为五十美元的开价,
拖拽他出来去笼子的时候。
一次我进到打马蹄铁的铁匠铺
看见一些马蹄铁匍匐前进,
跨越地板,仿佛活的一般——
我震惊了,

其实是沃尔特·西蒙斯放了一块磁铁
在那桶水下面。
但你们中的每个人,你们这些白人,
也被鱼和金钱豹愚弄了,
而你们知道的并不比马蹄铁更多。

希尔达拉普·塔布斯

我为人们制造两场争执。
第一场我离开了我的政党，扛着
独立的旌旗，为了改革，然而被击败了。
接下来我用我造反的长处
去俘虏我的旧政党的标准——
于是我俘虏了它，但是我被击败了。
丧失信用被丢弃，愤世嫉俗地，
我转向金子的慰藉
我使用我的残余力量
去稳固我自己就像一个腐生生物
在托马斯·罗兹破产的银行行将腐烂的残骸上面，
作为该基金的受托人。
每个人现在转身离开我，
我的头发变白了，
我紫色的情欲变成灰色，

烟草和威士忌失去它们的香味
好多年死亡忽视了我
如同他那样的阉公猪。

亨利·特里普

那银行倒闭了，我失去我的储蓄。
我厌倦了匙河累人的游戏
我下定决心逃走
离开我生活的地方和我的家人；
但正当午夜的火车到站，
阶梯上敏捷地跳下卡利·格林
和马丁·魏斯，开始打架
以解决他们的新仇旧恨，
拳头互击听起来
像搏击俱乐部的猛击。
现在看起来好像卡利占了上风，
当他血淋淋的脸突然病态懦弱地咧嘴一笑的时候，
斜靠在马丁身上哀号
"我们是好朋友，马，
你知道我是你的朋友。"

但马丁一记重拳狠狠击倒了他
一次又一次，直到他瘫软在地。
然后他们拘留了我作为目击证人，
我误了火车就此呆在匙河
去作战在我生命的战场直到最后。
噢，卡利·格林，你是我的救星——
你，如此惭愧和消沉多年，
无精打采地在街上游荡，
同时试图用破布包扎你溃烂的灵魂，
那未能一决雌雄的灵魂。

格兰维尔·卡尔霍恩

我想继续担任下一届
县法官,为了使三十年的服务圆满。
但我的朋友们离开了我,加入敌对我的势力,
然后他们挑选了一个新人选。
然后一种复仇的精神掌控了我,
而且感染到我的四个儿子,
我老是惦记着报复。
直到那伟大的内科医生,大自然,
用中风毁了我
让我的灵魂和身体去休憩。
我的儿子们得到力量和金钱了吗?
他们为人民服务或者奴役他们了吗,
在自己的土地上耕种并收获?
他们怎么可能忘记
在我卧室的窗户里我的脸庞,
恍如无助地栖在我歌唱的金丝雀的金色笼子里,
盯着那旧法庭的屋子?

亨利·C.卡尔霍恩

经历多少精神痛苦,
我爬到匙河最上层!
我父亲的脸庞,一次无言地,
孩子般注视着他的金丝雀,
顺便盯着那扇县法官房间的窗户,
他给我的训诫是去寻求
生命中我拥有的,并去惩罚
去报复匙河那些人对他的伤害,
这使我充满激愤地
谋求财富和力量。
但是他做了什么,除了送我上
那条通往复仇女神果园的小径?
我沿着那小径,我告诉你这个:
在去果园的路上你将会经过命运三女神,
眼睛蒙上阴影,弯腰做她们编织手艺。
停下一会儿,如果你看到

复仇的那根线弹出那个梭子之外,
阿特洛波斯①会迅速一把抓住
那大剪刀剪断它,以免你的儿子们,
以及孩子们未来的子嗣
穿上那件已被下毒的礼袍。

---

① 阿特洛波斯,古希腊罗马神话里的命运三女神之一,阿特洛波斯是割断命运之线的那个,另外两个一个是纺纱的克罗托,一个是衡量长度的拉克西斯。

阿尔弗雷德·莫尔

为什么我没有被自卑吞噬,
没有被冷漠腐烂
没有软弱无力的反抗像"愤怒"琼斯?
为什么,带着出轨的步履,
我仍会避开威拉德·福禄克的命运?
为什么,虽然我站在伯查德的酒吧,
作为对这房子的某种诱惑给这些男孩们
去买饮料,那些饮料的诅咒
落在我身上像流走的雨水,
只剩下我干爽干净的灵魂?
为什么我从未杀死一个
像杰克·麦克奎尔般的男人?
相反,我在生命中攀上了一点点,
我将之全部归功于我读过的一本书。
可为什么我会去梅森城,
我偶然在那的一个橱窗里看见那本书,

它花哨炫目的封皮诱惑着我的眼睛?
而我的灵魂为什么回应那本书①,
当我一次又一次阅读它?

---

① "那本书",这有可能是一本雪莱的诗集;它的描述呼应了马斯特斯自己的回忆录里的"一本红色,金色卷轴和装饰样式装订的书",当他还是一个小男孩时,在商店橱窗看到那本雪莱诗集,并立即买下来。

佩里·卓尔

我感谢，县科学协会的朋友们，
因为这庄严的巨石，
还有它小小的古铜牌匾。
两次我试图加入你们荣耀的集体，
但被拒绝，
而当我在种植智慧上的小小手册
开始吸引注意力时
你们投票决定我加入。
在那以后我得以成长，超越你们的需要
和你们的认可。
但我的确不反对你们的纪念碑，
见证我应该在这么做的时候，
剥夺你们给自己的荣耀。

验光师迪波尔特那

你现在看见什么?
红色的,黄色的,紫色的球体。
等一下!现在呢?
我的父亲、母亲和姐妹们。
是的!现在呢?
骑士的武器,美丽的女人,和善的面孔。
试试这个。
一片谷物的田地——一座城市。
非常好!现在呢?
一个天使躬身向着的年轻女人。
一块更沉重的镜片!现在呢?
更多有着明亮眼睛和嘴唇微启的女人。
试试这个。
就只是桌上的一只高脚酒杯。
哦我明白了!试试这个镜片!
就只是一片开阔的空间——我没看见什么特

别的。

那么,现在!

松树林,一个湖,一个夏日天空。

好一点了。现在呢?

一本书。

为我读一页。

我不能。我的双眼被挪到页面之外了。

试试这个镜片。

空气的深度。

好极了!现在呢?

光线,就只有光线,使所有东西都浸没在这个玩具世界之下。

非常好。我们会照此做那眼镜的。

马格瑞蒂·格林汉姆

告诉我,奥尔特盖尔德是不是被选举为州长?
因为当那回报开始出现的时候
克利夫兰正横扫东部,
这对你来说太棒了,可怜的老心肝,
在那漫长的受挫岁月中
为民主主义而奋斗。
像一只戴着的手表
我感觉你变得越来越慢直至停下来。
告诉我,奥尔特盖尔德是不是被选中,
还有他做了什么?
他们把他的头放在一个大托盘上给了舞者吗,
或是他为人民赢得胜利?
因为当我看见他
并握他手的时候,
他双眼里那孩子般的蔚蓝
感动得我流泪,

那儿有一股永恒的空气围绕着他,
就像小山上栖息在拂晓时的那道寒冷、清澈的光!

阿奇博尔德·希格比

我憎恨你,匙河。我努力试图超越你,
我以你为耻。作为我出生的地方,
我藐视你。
而在罗马,在艺术家中,
说意大利语,说法语,
我觉得自己似乎摆脱了
从出生地带来的每道痕迹。
我似乎正在抵达艺术的巅峰
呼吸着大师们呼吸的空气,
并用他们的眼睛观察这世界。
但是他们仍然会经过我的画作并说:
"你打算怎样,我的朋友?
有时候那脸庞看起来像阿波罗
其他时候又有点像林肯。"
那儿没有文化,你知道的,在匙河,
我被羞愧煎熬,保持我的沉默。

我可以做什么,所有被西部土地覆盖着
拖累着垮掉的,
除了热望,还有祈祷,为这世上出生
的另一个,用从我的灵魂连根拔掉
的有关匙河的一切?

托马斯·梅里特

最初我怀疑一些事情——
她的举动如此冷静,心不在焉。
一天当我刚进前门听到后门关上,
我看见他偷偷溜走
回到熏肉贮藏屋,
进入并穿过那田地。
而我本想撞见就立即宰了他。
但那天,走在第四大桥附近,
手里没有一根棍子或者一块石头,
突如其来地,我看见他正站着,
怕得要死,抱着他的兔子,
而我所能说的是,"不要,不要,不要",
当他瞄准并射中我的心脏。

梅里特太太

在陪审团面前沉默,
没有片言只语回复法官,当他问我
是否有任何事情可以反对这判决的时候,
我只是摇头。
我能对那些人说什么呢?他们认为
一个三十五岁的女人是有错的
当她十九岁的情人杀了她丈夫的时候?
即使她已经对他说了一遍又一遍,
"走开,埃尔默,走得远远的,
我已经用我身体的礼物令你的头脑发狂:
你将会做可怕的事情。"
然后正如我害怕的,他杀了我丈夫;
对于那我什么也不能做,在上帝面前!
在监狱里沉默三十年!

朱丽叶市的铁大门 ①
摇摆着,当那晦暗无声的模范囚犯们
抬着装有我的棺材出来。

---

① 朱丽叶市的铁大门,伊利诺伊州监狱在朱丽叶市;"生活的铁大门"语出安德鲁·马维尔的《致他羞涩的情人》,在这儿是带有讽刺意味的援引。

埃尔默·卡尔

除了上帝之爱还有什么可以
让匙河的人变得温和并最终原谅
我这个玷污了托马斯·梅里特的床
并就近杀了他的人?
当我从十四年牢狱生涯中返回,
噢,慈爱的心再次接纳我!
教会里的援助之手接纳我,
那个持有面包和葡萄酒圣餐的人
流着泪聆听我忏悔的自白!
忏悔吧,你们这些活着的人,与耶稣一起安息。

伊丽莎白·蔡尔德斯

我灰烬里的灰烬,
与我的灰烬一起掸掉,
噢,那个刚出生就死去的孩子,
与我的死亡一起死!
还不懂呼吸,虽然你如此努力地尝试,
用那颗我们活着时一起跳动的心,
然后停止,当你彻底离开我的时候。
这很好,我的孩子。因为你永远都不会远行
那漫长,漫长的去往学生时代的路,
当纤细的手指在眼泪下模糊不清
那坠落在扭曲字迹上的眼泪。
最初将会是,当一个小伙伴
为了其他人离开你,让你独自一人;
疾病,在床上面对恐惧;
父亲和母亲的死亡;
或者他们的羞耻,或者贫困;

学生时代结束时那少女般的哀伤；
盲目的天性使你
从爱情之杯里畅饮，虽然你知道它已被下毒；
你希望你花瓣似的脸庞被谁捧起？
植物学家，懦弱者？呼喊着怎样的家世赐予你们？——
纯洁抑或污秽，这都无关紧要，
那是呼唤我们血统的血统。
然后你的孩子们——噢，他们会是怎样的？
还有你的忧伤是什么？孩子！孩子！
死了比活着好！

伊蒂丝·柯南特

我们存在于此——我们,那记忆;
遮住我们的眼睛因为我们惧怕去读:
"六月十七日,一八八四,二十一岁又三天。"
所有事物都改变了。

而我们——我们,那记忆,独自承受着为了我们,
因为没有眼睛注意我们,或者知道为什么我们会在这儿。

你丈夫死了,你的姐妹住得很远,
你父亲因为高龄变得佝偻;
他已经忘记你,他几乎不再离开那房子。
没有人记得你精致的脸庞,
你抒情的嗓音!
你怎样歌唱,甚至在你遭受煎熬的早上,
带着逼人的芬芳甜蜜,带着惊悚的悲伤,
在那个和你一起死去的孩子出现之前。

这全被遗忘了，靠我们保存的，那记忆，
那被世界遗忘的我们的记忆。
一切都改变了，拯救那些河流那些山丘——
虽然他们改变了。
只有燃烧的太阳和安静的星星还是那样。
而我们——我们，那记忆，敬畏地承受着，
我们的眼睛疲倦地闭合，挂着眼泪——
在无穷无尽的疲倦里！

查尔斯·韦伯斯特

那小山上的松林,
还有几英里外的农舍,
如通过一个镜头清晰地显现
在一片孔雀蓝的天空下!
但是被下午一层云彩
蒙住了大地。然后你走过那条路
和苜蓿田,那儿唯一的声音
是蟋蟀流动的颤音。
然后太阳下沉了,在远处大团的
风暴之间。为了渐起的风
清扫干净天空以及吹拂着
未受保护的星星的火焰;
并摇动着那悬挂在小山的轮毂
和苹果园闪光的树枝之间的赤褐色月亮。
你沉思着走过那海岸
那儿波浪的喉咙就像北美夜鹰

在水面下唱着歌哭泣着
对着香柏木中的风的洗刷，
直到你站立，眼含泪水，倚靠着童床，
并抬头看见木星，
斜挂在那巨松的尖顶，
然后低头看见我空着的椅子，
在孤独的门廊上被风摇撼着——
勇敢点，心爱的人！

神父马洛伊

你在那边,神父马洛伊,
那儿是神圣的土地,十字架标识着每座坟墓,
不是和我们一起在这小山上——
信念摇摆的我们,乌云般模糊的视野
飘忽不定的希望,不宽容的罪行。
你如此有人情味,神父马洛伊,
有时拿着友善的玻璃杯和我们在一起,
并支持在冷漠和寂寥的乡村道德观念中
拯救匙河的我们。
你像那个旅行者
带着一小盒从金字塔废弃物里弄来的沙,
让它们成真,让埃及成真。
你联系着一个伟大的过去,
同时你也如此接近我们中的许多人。
你深信生命中的喜悦。
你似乎不会为肉体感到羞愧。

你面对人生如它就该这样,

如它就该变化。

我们中的一些人走向你,神父马洛伊,

理解你的教徒已经预感到那心脏会如何,

并为它做打算,

通过彼得的火焰,

彼得的磐石①。

---

① 彼得的磐石,圣人彼得,援引自基督将会建造他的教会在"那磐石"的上面(《马太福音》16:18),并且可能将"仆役"之一制造成一场火焰(《希伯来书》1:7)。

阿米·格林

不是"一个青年有着皓白的头和憔悴的眼睛",
却是一个老男人有着一身光滑的皮肤
和黑头发!
我有男孩般的面孔只要我活着,
许多年来一个僵硬扭曲的灵魂,
在这视我如笑柄的世界上,
当它喜欢的时候就随便招呼一下我,
当它喜欢的时候就组装成一个男人,
——既不是男人也不是男孩。
事实上,它是从未发育成熟的身体及灵魂,
我说给你听
那广受追捧的永远年轻的奖赏
只是被拘禁了的成长。

卡尔文·坎贝尔

你们这些正在对抗命运的人,
告诉我这山坡上的人是怎样
朝着那条河奔跑的,
那条在太阳和南风前面的河,
这株植物从空气和泥土吸取了
毒药变成气根毒藤?
或是这株植物从相同的空气和泥土吸取了
甜蜜的灵丹妙药和颜色变成了杨梅树?
并且都蓬勃茂盛?
你可能会因为匙河这样而责备它,
可是你会去责备谁为你心中
那喂养它自己并使你成为浮萍,
曼陀罗,蒲公英或者毛蕊花的愿望
以及那些可以永远不使用任何泥土或者空气
以便使你成为黄色茉莉花或者紫藤花的愿望?

亨利·莱顿

无论你是谁,又是怎样疏忽
都知道我的父亲很温和,
我的母亲很狂暴,
当我出生的时候这如此敌对的两部分,
不是混合和熔合在一起,
而是彼此截然不同,勉强连接在一起。
你们中的一些人认为我是温和的,
一些人认为我是狂暴的,
一些人以为我两者兼备。
但我的每一半都没有造成我的毁灭。
那是两部分同时坠落,分崩离析,
永远彼此不相容的那两半,
留给我一个死气沉沉的灵魂。

哈伦·休厄尔

你永远不会明白,噢未知的一个,
为什么我会报答
你忠实的友谊和精心的服侍照顾
首先带着贬低了的感谢,
随后通过逐步撤回我在你那儿的存在,
为了我不会被逼去感谢你,
然后带着随我们最终分离而来的沉默。
你曾治愈我病态的心灵。但是在治愈它时
你看见我的病态,你知道我的秘密,
那就是我逃离你的原因。
因为虽然当我们的身体在伤痛中忍受着
我们无休止地亲吻那警戒的手
那递给我们苦艾的手,当我们
因想着苦艾颤栗的时候,
一个被治愈的心灵是另一回事,
在那儿我们将会从记忆里污渍

柔软语调的字眼,深挖细究的眼睛,
并支持永远忘却,
没有如此多的忧伤
自那手治愈它时。

伊波利特·科纳瓦罗夫

我曾是敖德萨的枪械工人。
一天晚上我们一群人正阅读着斯宾塞[①],
警察闯进房间,
没收我们的书,拘捕我们。
但我逃出来到了纽约
然后从那里又到芝加哥,最后到了匙河,
在那儿我可以安心学习我的康德
并靠修理枪支勉强度日!
看我的铸模!我的建筑学!
一个是给枪管的,一个是给击铁[②]的,
其他是给枪的其他部位的!
那么,现在假如枪匠的营生没有
任何其他的活儿,除了复制我展示给

---

① 斯宾塞:赫伯特·斯宾塞(1820—1903),社会进化论者,英国实证主义哲学家。
② 击铁,使枪射出子弹的一个部件。

你的这些铸模——那么,所有的枪
将会十分相似,带着一个击铁去碰击
那火药帽,枪管去实施射击,
所有动作都与它们自己十分相似,所有
动作抗拒着它们彼此的相似。
并且在那将会有你们枪的世界!
那个世界没有任何可能不受它本身的影响
除了一个塑模者带着不同的铸模
去重铸那金属。

亨利·菲普斯

我曾是主日学校负责人,
四轮马车厂和罐头厂的傀儡主席,
代表托马斯·罗兹和银行朋党派系;
我的儿子,银行出纳员,
和罗兹的女儿结婚,
我的工作日花在赚钱上,
我的星期天花在教会和经文上。
每件事情都如维持固有状态的车轮上的一个齿轮:
于金钱,主人和仆人,
用基督教信念的油漆刷白。
然后:
银行倒闭了。我呆立着看那残骸般的机器——
带吹气孔的车轮沾满油灰和油漆停下来;
那腐烂的螺钉,那坏掉的连杆;
只有灵魂的加料斗适合再次使用

在某个新生活吞噬者处，当报纸，法官和金钱魔法师

再次建立起来。

我被剥光直至白骨，但我躺在万古的磐石中，

正看穿那游戏，不再是一个受骗者，

并且懂得"正直人必久居于应许之地

但邪恶之人的年岁必被减少。"①

然后突然地，梅耶斯医生发现

我患有肝癌。

我终究不是，上帝的特殊眷顾！

为什么，即使这样站在巅峰

通过我的攀爬在迷雾之上，

为在这世上更广阔的生活做好准备，

永恒的力量

推了一把让我前行。

---

① "正直人必久居于应许之地，但邪恶之人的年岁必被减少"，出自《圣经·箴言》2:21和10:27的融合。

哈利·威尔曼

我刚二十一岁,
亨利·菲普斯,主日学校负责人,
在班度的歌剧院发表演讲:
"荣耀的旗帜应该被高高举起,"他说,
"无论它是否被他加禄人①的野蛮部落
或是被欧洲的豪强袭击。"
然后我们一再欢呼,为那演讲以及当他演说时
挥舞的旗帜。
我不听父亲劝告,投笔从戎,
追随那旗帜直到看见它升起
从我们的兵营,马尼拉附近的一块稻田里,
我们全都为它欢呼又欢呼。
但那儿有苍蝇和分泌毒素的东西;
那儿有致命的毒水,

---

① 他加禄人,生活在菲律宾的本民族。

还有残暴的心,

还有令人作呕,腐臭的食物;

还有那战壕的气味就在帐篷后面

士兵们老是上那儿解手;

浑身梅毒的妓女跟着我们;

我们对己对人都如野兽,

充满欺凌、仇恨、堕落,

还有憎恶的白天和恐惧的夜晚

对于穿越热气腾腾的沼泽地的冲锋时刻来说,

追随那旗帜,

直到我一声尖叫倒下,被射穿肠子。

如今在匙河一面国旗覆盖着我!

一面国旗!一面国旗!

约翰·沃森

噢！北卡罗来纳草地上露水打湿了的草
瑞贝卡跟着我恸哭又恸哭，穿越草地
一个孩子在她臂弯中，还有三个恸哭着在她旁边跑着，
延长着辞别——送我去和英国人作战，
然后是那漫长、艰难的岁月直到约克镇获胜那天。
然后我开始寻找瑞贝卡，
最后在弗吉尼亚找到她，
两个孩子死于战争期间。
我们骑着阉牛到了田纳西，
多年后又到伊利诺伊，
最终来到匙河。
我们割野牛草，
我们砍伐森林，
我们建造学校的房子，建造桥梁，

平整道路，耕种农田
孤独地带着贫穷、灾祸、死亡——
如果与菲律宾作战的哈利·威尔曼
在他坟墓上需要一面旗帜
就从我这儿拿走！

很多士兵

那个主意在我们前面舞动犹如一面旗帜；
军乐的声音；
拿着一杆枪的激动；
返乡时在这世上的前进；
荣耀的一道闪光，为仇敌而愤怒；
一个对国家或者对上帝职责的梦想。
但这些是我们本性里的东西，在我们面前闪光，
它们不是从后面推动我们的力量，
而是人生的万能助力，
就像在地球中心制造山峰的火，
或者压抑那些穿过它们的水。
你是否记得那铁圈
那个铁匠，萨克·戴伊，熔焊
本尼特草坪边的那棵
摇荡着吊床的橡树，
女儿珍妮特可能会在那休息，阅读

在一个夏天的午后?
那棵成长着的树最终
瓦解那铁圈?
但不是每一棵树的细胞
都了解它激荡人生的任何拯救,
也不关心那个吊床随着弥尔顿的诗
坠落在尘埃中。

戈德温·詹姆斯

哈利·威尔曼！陷入马尼拉附近的沼泽，
追随那面旗帜，
你没有被崇高的理想伤害，
或者被徒劳无益的工作毁灭，
或者被撒旦的尖角逼疯；
你没有被疼痛的神经撕裂，
也没有携带巨大创伤到你的暮年。
你没挨饿，政府接济你。
你也没有遭受向你领导的陆军部队
呼喊"前进"的痛苦，
去抗击面带嘲弄微笑的仇敌，
比刺刀更锋利。你没有突然
被看不见的炸弹击倒。你没有
被那些打败你的人遗弃。
你没有吃过寡淡的面包
它拙劣的魔力从雄心壮志中制造。

你去了马尼拉，哈利·威尔曼，
当我参军进入邋遢、落汤鸡般的陆军部队
还拥有明亮的眼睛，天赐的青春，
那些陆军部队汹涌潮水般前进，随后被击败被驱赶回来，
生病的，残疾的，哭喊着，被剥去了信仰，
追随那面天堂之国的旗帜。
你和我，哈利·威尔曼，都已经失败
在我们的几条道路上，不知道
好事来自于坏事，失败来自于胜利，
也不知道脸是什么表情，当那微笑
藏在魔鬼的面具后面。

莱曼·金

你可能会想,过客,命运
是你之外一个掉落式陷阱,
你可以先见之明和智慧绕着通过。
如此你相信,观察其他男人的生活,
就像一个用上帝的方式弯腰察看蚁丘的人,
看他们如何避开困难。
但是生命流逝:
最终你会看到命运
以你自己在镜中的模样接近你;
或者你应该在壁炉旁独自坐着,
突然一位客人坐到你旁边椅子上,
而你应该知道那名客人,
并读取他双眼里真实可靠的信息。

卡罗琳·布兰森

带着我们的心像飘移的太阳,如果我们走,
像往常一样,四月的田野直到星光
用看不见的薄纱丝绸般柔和地覆盖
悬崖下的黑暗,我们在树林里的幽会地点,
那条小溪拐弯处!如果我们像音符跑到一起
一样去示爱,去赢得胜利,
在爱情令人激动的即兴演奏中!
但是我们要回到原来位置,当一首颂歌结束了
肉体专心致志陶醉时,

在那首颂歌中我们的心灵神魂颠倒,向下,向下,

在那儿没有时间,也没有地点,我们自己也没有——

在爱中湮灭!
为了一间有灯泡的房间而把这些丢弃在身后:
和我们的秘密在一起去嘲笑它自己,

在花朵和曼陀林琴中隐藏它自己,
在沙拉和咖啡之间被所有人盯着。
看到他颤抖,和感觉到我自己
有先见之明,犹如一个签署契约的人——
谈不上激动,没有一堆堆礼物和誓言,
也没有玫瑰色双手遮盖他的额头。
然后,噢夜晚!深思熟虑的!不可爱的!
随着我们所有的求爱被那场胜利涂抹掉,
在一个选中的房间在一个被所有人知道的小时里!
第二天他如此萎靡地坐着,近乎冰冷,
如此奇怪的转变,琢磨我为什么哭泣,
直到一种有病的绝望和纵欲的疯狂
抓住我们去制定死亡契约。
地球的一根茎秆,
脆弱得犹如星光;
等待再一次被拉入
创造的溪流中。
但是下一次被生育出来
被拉斐尔和圣·弗兰西斯凝视着,
当他们经过时。
由于我是他们的小弟弟,

因此面对面知道得很清楚
通过一个周期的出生轮回运行。
你可能知道那种子和那土地;
你可能感觉到寒冷的雨落下,
但是只有地球,只有天堂知道种子的秘密
在土地下面的新婚的洞房里。
把我再一次扔进溪流,
给我另一次审判——
拯救我,雪莱

安妮·拉特利奇 ①

我之外微不足道,我之外无人知晓
那不死的音乐的震颤;
"对任何人毫无歹意,对所有人满怀爱心。" ②
我之外百万计的人宽恕百万计的人,
一个国家的仁慈面孔
带着公正和真实闪烁着。
我是睡在这些种子下面的安妮·拉特利奇,
一生被亚伯拉罕·林肯所爱,
与他结婚,不是通过结合,
而是通过分离。
永远盛放,噢共和国,
自我乳房的尘埃中!

---

① 安妮·拉特利奇(1816—1835),普遍相信她曾是林肯一生中最伟大的爱情,她死于"脑膜炎"。
② "对任何人毫无歹意,对所有人满怀爱心。"此句出自1865年林肯的第二次就职演说。

哈姆雷特·米丘尔

在一场久久不退的高烧中很多幻象来找我:

我再一次在那所小房子里

房子附带一个满是苜蓿的大花园

顺地势往下延伸直至木栅栏,

橡树投下阴影,

在那儿我们这些孩子有我们的秋千。

而那所小房子是一座庄园的大厅

坐落在一片草坪上,草坪旁即是大海。

我在那间房里

在那儿小保罗死于白喉,

但它却不是那间房——

那是一个充满阳光的游廊

用坚固的窗户封闭,

椅子上坐着一个穿黑斗篷的男人①,
一张犹如欧里庇得斯的脸。
他曾来探访我,或者我曾探访过他——
我说不出来。
我们可以听到大海的拍打声,那些苜蓿点着头
在一阵夏天的风下面,然后小保罗过来
带着苜蓿刚刚盛开的花儿来到这窗户并且微笑着。
然后我说:"什么是'神圣的绝望,'阿尔弗雷德?"
"你读过'眼泪,无端的眼泪'吗?"他问。
"是的,但你不是在表达神圣的绝望。"
"我可怜的朋友。"他回答道,"那就是为什么那绝望
是神圣的。"

---

① 一个穿着黑暗斗篷的男人,即阿尔弗雷德·丁尼生爵士;这首诗化用丁尼生诗作《公主》的第一节,马斯特斯希望他的读者们可以在脑海中想起:

眼泪,无端的眼泪,我知道不是它们所意味的,
泪水从她神圣的绝望的内心深处涌起,聚到眼里;
凝望着快乐的秋天的田野,
怀想那些不会再有的日子。

梅布尔·奥斯本

你在绿叶中盛放的红色花朵
正在枯萎,美丽的天竺葵!
但是你没有要求得到水。
你不能说话!你不需要说——
每个人都知道你因干渴正死去,
然而他们没有带来水!
他们经过,说:
"天竺葵需要浇水。"
而我,那个有快乐去分享
并渴望分享你快乐的人;
爱着你的我,匙河,
在恳求你的爱,
在你的眼前凋零,匙河——
干渴着,干渴着,
出自灵魂的贞洁无声地向你索取爱,

知道并看着我毁灭在你面前的你,
就像这些被种在我上面的天竺葵,
被丢弃去等死。

威廉·艾屈·赫恩登 [1]

从栖息在悬崖上的老房子的
窗户里,俯视数英里的河谷,
我辛苦劳动的日子已经结束,旁观生活的衰落,
一天又一天我审视我的记忆,
就像一个凝视巫婆水晶球的人,
我看见过去的那些景象,
仿佛在一场选美中被玻璃用闪耀的梦想镶嵌着,
移动着穿越那不可思议的时间球体。
我看见一个男人从泥土中升起像传说的巨人
并把他自己扔进不死的命运中,
伟大军队的主宰者,共和国的头脑,
汇集在一起共同进入一首娱乐歌曲的酒神颂歌
一个民族史诗般的希望;

---

[1] 威廉·艾屈·赫恩登(1818—1891),是林肯的律师合作伙伴和早期的传记作家。

与此同时那至高无上的火神,
在天堂中被淬火的精神中
锻造出不朽的盾和剑。
观察那水晶!看他怎样快速地赶往
那个经由他的道路到达那条道路的地方
那个普鲁塔克和莎士比亚的孩子的地方。
噢林肯,的确是个演员,在你的角色里扮演得很出色,
还有布斯,大步走在这出生动的戏中,
屡次三番我看见你,
当那群呱呱叫着的乌鸦展翅飞在去树林的路上
庄严冷峻的落日在我的屋顶上面,
靠近我的窗户,
独自地。

丽贝卡·沃森

春天和夏天，秋天和冬天和春天
在我的窗前交替流逝！
而我躺了这么多年看着它们逝去并数着
那些年岁，直到一阵惊恐时常进驻我的心灵，
带着我已经变成永恒的感觉；最终
我的第一百岁到了！而我仍然躺在这儿
听着那时钟的嘀嗒声，牛低沉的哞哞声
还有一只松鸦飞着穿过落叶时的尖叫声！
一天又一天孤独地在这所宅邸的一个房间里
一个受着岁月和苍老煎熬的儿媳妇的房子里。
在夜晚，或者在白天看向窗外
我的思绪跑回去，仿佛穿过无尽的时间
去到卡罗莱纳北部以及我整个少女时期，
还有约翰，我的约翰，去参加与英国的战争，
还有所有的孩子，死亡，和所有的悲痛。
然后那岁月的延展就像在伊利诺伊州的一片北美

大草原

  通过那草原那些伟人经过就像匆促的骑手,
  华盛顿,杰弗逊,杰克逊,韦伯斯特,克莱。
  噢,为了我的约翰和我
  付出我们所有力量和爱的美丽年轻的共和国!
  噢,我的约翰!
  为什么,当我数年如此无助地躺在床上的时候,
  为你的到来祈祷着,却是你推迟的到来?
  带着一阵欣喜若狂的哭泣看见了,就像我表白
  在战争之后在老弗吉尼亚你找到我的时候,
  当我在床上观察你的时候我哭了,
  当那太阳在西方低低地呆着变得越来越小越来越无力
  在你脸上的光线里!

卢瑟福·麦克道尔

他们带给我老拓荒者
玻璃底板照相法的正片[1]去放大。
有时候一个人坐着为了我——
存在着的某人
当来自世界发源地的巨大的手
撕扯这共和国的时候。
在他们眼中它是什么?
我从未彻底了解
那低垂的眼睑神秘的令人产生悲悯共鸣的力量,
以及他们双眼中宁静的悲伤。
它像一池水,
在森林边的橡树林中间,
那儿树叶飘落,
当你听到一只公鸡的喔喔叫声

---

[1] 玻璃底板照相法,即哥罗钉印刷的照片。

从远处一所农场房子传来,被显现在小山附近
第三代住在那里,那些强壮的男人
和那些强壮的女人已经离开,被遗忘了。
还有拓荒者的孙子和重孙子们!
我的照相机的确也真实记录了他们的脸,
带着如此多古老的力量消失,
那些古老的信念已经消失,
那些古老生活的神秘感已经消失,
那些古老的勇气也已消失,
而那些劳作、爱、折磨和歌唱
还在阳光下!

汉娜·阿姆斯特朗

我写给他一封信询问他能否看在老交情的分上
让我生病的儿子从军队退伍;
但是可能他读不懂。
然后我到镇上让詹姆斯·加伯,
那个写一手好字的人,给他写了一封。
但是可能信在邮寄中弄丢了。
所以我直接赶到华盛顿。
我用了一个多小时找到白宫。
而当我找到它时,他们,
收起微笑赶我走。然后我想:
"哦,好吧,他不是一样,当我为他提供膳食
并且他和我丈夫一起工作
还有我们全部都叫他亚伯,在梅纳德那儿的时候。"
作为最后的尝试,我转向一个警卫:
"请说这是老汉娜·阿姆斯特朗阿姨

从伊利诺伊州来的,来这儿看她
在军队中生病的儿子。"
额,只是一会儿功夫,他们就让我进去了!
当他见到我时,他面带微笑走过来,
放下作为总统的事务,
用他的手亲自写下有关道格的退伍意见,
一边聊着早些年的事情,
那些逸闻趣事。

露辛达·马特洛克

我在钱德勒维尔跳舞,
在温彻斯特演出。
一次我们交换了搭档,
在六月中旬的那个午夜开车回家,
然后我找到戴维斯。
我们结了婚,共同生活七十年,
享受着,工作着,抚养着十二个孩子,
我们失去其中的八个
在我六十岁之前。
我纺纱,我编织,我维持这所房子,我看护病人,
我建造那花园,在假期
漫步在云雀唱歌的田野上,
在匙河边收集许多贝壳,
许多花朵和药用野草——
大声对着布满树木的群山喊叫,对着绿色的河谷

歌唱。
　　九十六，我已活够，仅此而已，
　　转入一个甜蜜的睡眠。
　　这是什么，当我听说哀伤和厌倦，
　　怒气，不满和颓丧的希望？
　　堕落的儿子和女儿，
　　人生对于你们太强大——
　　要用一生去热爱生活。

戴维斯·马特洛克

想象它什么也不是只是一个蜂巢:
有雄峰和工蜂
还有蜂后,而忙的不过是储存蜂蜜——
(既有文化、智慧也有物质)——
为了下一代,这一代自己白活,
除了当它蜂集在年轻的阳光中的时候,
在已被搜集回来的东西上,强壮它的翅翼
从那苜蓿田野回蜂巢的路上,
品尝着那些精致的战利品。
设想所有这些,并且设想那事实:
男人的天性比
蜂巢的天然需求更伟大;
你一定负担着生活的重担,
还有来自你精神上的强烈欲望——
好吧,我说去活出像上帝般
确切不朽的人生,虽然你会怀疑,

这是否就是生活的正途。
如果没有让上帝为你骄傲，
然后上帝什么也不是，除了是万有引力，
或者睡觉就是美好的目标。

赫尔曼·奥特曼

无论她引领到何方我都追随真理,
并为了事业站在整个世界的对立面,
支持弱者反对强者吗?
如果我是我将会被人们记住
像我在人群中在生活中被知道一样,
就如我在世上被憎恨被爱慕一样,
因此,没有为我建设纪念碑,
没有为我雕刻半身像,
以免,尽管我不是变成一个半人半神,
但我的灵魂是丢失了的现实,
因此那些盗贼和骗子们,
那些我曾经的敌人以及损害我的人,
还有那些盗贼和骗子的孩子们,
可能会在我的半身像之前申明
他们在我失败的那些日子和我站在一起。
没有为我建设纪念碑

以免我的纪念被滥用于
撒谎和压迫的用途。
我的爱人还有她们的孩子一定不会被剥夺我的财产；
我将会是我为之而活的那些人
永远未受玷污的个人财产。

珍妮·艾姆·格鲁

不是的,那阶梯向内弯进黑暗中,
一个穿连帽衫的身影,畏缩在披垂的斗篷下面!
不是夜晚在这房间中的黄色双眼,
从灰色蜘蛛网的表面盯着外面!
并且不是美洲秃鹫翅膀的拍打,
当你耳朵里生活的咆哮声开始的时候
像以前从未听见过的一种声音!
但是在一个阳光灿烂的下午,
在一条乡间道路上,
紫色的豕草沿散开的篱笆盛放,
田野收拾落穗,空气止息,
看见太阳光线的反面有黑色斑点,
像戴着一个虹膜轮圈的墨点——
那是有预见力的眼睛的标志——
我看见了!

哥伦布·采尼

这拂动的垂柳!
为什么你们不种植一些
为了那百万计未出生的孩子们,
以及为我们?
是因为它们不存在,
还是因为没有思想的沉睡的细胞?
或是因为它们来到地球,它们的出生
断绝了先前存在的记忆?
回答!未开拓的直觉领域是你们的。
但无论如何为什么没有为它们种植柳树,
以及为我们?

华莱士·弗格森

那是在日内瓦,勃朗峰漂浮在
葡萄酒色的湖上像一片云,当蓝色的
空荡荡的天空吹出一阵微风,还有咆哮的罗纳河
匆匆在桥底下穿过岩石的裂缝;
那咖啡馆逸出的音乐是
在光的洪流下舞蹈的水恢弘气势的一部分;
而卢梭天赋的纯粹部分
是所有我们看到或者听到的安静音乐——
在日内瓦,我说,是会少一点狂喜
因为我不能将往昔的我和我自己联系起来,
当二十年前我徘徊于匙河的时候,
既想不起我是什么也想不起我感受到什么,
我们活在时间自由流逝的时刻里。
因此,噢灵魂,如果你在死亡中失去你自己,
并在某些日内瓦由某些勃朗峰唤醒,

你在乎什么？假如你知道不是你自己
正如那个在大地的一个小角落生活和爱着的你
作为匙河世世代代消失而被知晓？

玛丽·贝特森

你观察那雕刻的手
食指指向天国。
那是方向,毫无疑问。
但是一个人如何去追随它?
避开谋杀和色欲,这很好,
去宽恕,对他人做好事,
不带雕刻的偶像去敬拜上帝。
但那些毕竟是表面意思
通过那样,主要是对你自己好。
那内在的核心是自由,
它是光,纯洁——
我再也不能,
找到那目标或者失去它,根据你的视野。

田纳西·克拉夫林·肖普

我是村庄里的笑柄,

主要由于那些理智的人,正如他们这样称呼自己——

也因为学识渊博的人,像彼特牧师,那个读希腊语如同英语一样熟稔的人。

为了取代谈论自由贸易,

或者布道的浸礼形式;

以行于险境的功效代替信仰

用对的方式捡起胸针,

看着新月越过右肩膀,

或用蓝玻璃治疗风湿病,

我主张我自己灵魂的最高统治权。

甚至在玛丽·贝克·奇·艾迪①

---

① 玛丽·贝克·奇·艾迪(1821—1910),更广泛地被叫做玛丽·贝克·艾迪,和格洛夫先生有过短暂的婚姻,基督教科学教会的创立者。

带着她称之为科学的东西开始之前
我已经精熟那首"博伽梵歌,"①
治愈了我的灵魂,在玛丽
开始用灵魂治疗身体之前——
全世界和平!

---

① "博伽梵歌","上帝之歌",印度史诗《摩诃婆罗多》的一部分。

普利茅斯·洛克·乔

为什么你们到处乱跑
追逐着蠓虫或者蝴蝶?
你们中的一些人一本正经地站着抓挠幼虫;
你们中的一些人正等着领取玉米。
这就是人生,是不是?
喔喔喔①!非常好,托马斯·罗兹,
你是漫步的公鸡,毫无疑问。
但这儿来了艾略特·霍金斯,
格鲁克,格鲁克,格鲁克,吸引着政治的追随者们。
呱!呱!呱!为什么这么诗意,密涅瓦,
这个灰色的早上?
凯蒂——呱——呱!真丢脸,卢修斯·阿瑟顿,
你从亚乃·克卢特喉咙诱发的刺耳尖厉的嘎嘎

---

① 喔喔喔,公鸡打鸣的声音。

叫声

  晚些时候将被本杰明·潘尼特太太

  当作一种女性选举权的呼声抬举：

  卡咪——咪①！

  你有怎样的灵感，玛格丽特·富勒·斯拉克？

  为什么你醋栗般的眼睛

  如此流畅地掠过，田纳西·克拉夫林·肖普？

  你会想彻底理解一只鸡蛋的深奥理论吗？

  这个早上你的声音非常地金属味，霍顿斯·罗宾斯——

  几乎像一只畿尼②的母鸡！

  呱！那是一声喉间发出的叹息，以赛亚·贝多芬；

  你看见那头鹰隼的影子吗，

  或者你有踩中那些

  今天早上厨子扔出来的鸡腿吗？

  做有侠义之心的，英雄的，或有抱负的，

  深不可测的，虔诚的，或桀骜不驯的，

  你将永远走不出这场院

---

① 卡咪——咪，母鸡的声音。
② 畿尼，这里用作贬义词，指意大利人或意大利后裔。

除了通过这条翻过那

混杂着土豆削掉的皮和如此靠近食物槽的篱笆的路!

伊曼纽尔·厄恩哈特

我最初研究威廉·汉密尔顿爵士的讲义。
然后学习杜格·史都华①;
然后是基于这些理解之上的约翰·洛克,
然后是笛卡尔、费希特和谢林,
康德然后是叔本华——
书籍是我从老萨默斯法官那借来的。
带着狂喜的勤奋阅读
希望它赐给我
掌握终极秘密的尾巴
并且从洞窟拖曳它出来。
我的灵魂高飞一万英里,
只有月亮看起来大了一点点。
然后我跌落回来,地球多么高兴啊!

---

① 威廉·汉密尔顿(1788—1856)和杜格·史都华(1753—1828),均为苏格兰哲学家。

全都通过威廉·琼斯的灵魂

那个向我展示约翰·缪尔①一封信的人。

---

① 约翰·缪尔（1838—1914），美国自然学家和作家。

塞缪尔·加德纳

我管理着花房温室,
我是树木和花卉爱好者,
在生活中时常看见成荫的榆树,
用我的眼睛测量它繁茂的枝条,
倾听它欣喜的树叶
深情地互相拍打着
带着甜蜜的风的低语。
并且,唔,他们可能会:
根茎已经长得这么大和深
因此小山上的泥土不能保留
任何事物的优点,诸如雨水使之肥沃,
而太阳使之温暖;
但生出这些全得归功于兴旺的根茎,
通过它养分被汲取并随年轮给予树干,
再从那到达枝条,进入叶脉,
在那儿,微风选择了生活和歌唱。

现在我,大地的租客,可以看见
那棵树的枝条
伸展得不会比它的根更宽。
而一个男人的灵魂怎么会
比他已经活过的人生更大呢?

道·克里特

塞缪尔永远都在谈他的榆树——
但是我不需要拼死去学树根:
我,那个挖掘匙河所有沟渠的人。
看着我的榆树!
从一颗像他一样好的种子那儿绽放,
在同一时间里播种,
它正在顶部开始它的死亡:
不是因为生活匮乏,不是因为霉菌,
也不是因为毁灭性的昆虫,如教堂司事想的那样。
看,塞缪尔,那根茎已抵达岩层,
不能再进一步展开。
一直以来那棵树的顶部
在耗尽它自己,死亡着,
一边努力尝试着去生长。

威廉·琼斯

时不时我会碰到奇怪的杂草，

需要从书本里找寻其名；

时不时一封信从约曼斯①那来。

在贻贝壳的外面沿着海岸聚集

有时，一个珍珠母带着芸草般的闪光：

然后不久后一封信从英国的丁铎耳②来，

印戳着匙河的邮票。

我，大自然的爱好者，因为我对她的爱而被爱着，

和那些伟大的人远距离交流

那些比我更了解她的人。

噢，这儿没有更少也没有更伟大，

拯救当我们使她更伟大，胜利从她的兴高采烈中。

---

① 约曼斯，很可能是一个著名苗圃，有着齐备的种子产品目录。
② 约翰·丁铎耳（1820—1893），爱尔兰物理学家。

以河里拾来的贝壳覆盖我,覆盖我。
我活在惊奇中,崇拜着大地和天堂。
我已经行进在没有尽头的永恒生命中。

威廉·古德

对所有村庄里的人而言,我毫无疑问显得,
漫无目标地,在这条和那条路上离去。
但是在河边你可以在暮色中看见
那柔软翅膀的蝙蝠以锯齿形零零落落地飞着——
它们坚持这样飞着去捕捉它们的食物。
如果你曾经在夜晚迷过路,
在靠近米勒津的密林深处,
躲避这条路,可现在,
银河系的光线无论照耀在哪里,
都努力尝试着去找到那路径,
你应该明白我用认真的热诚
探索那条道路,还有我所有的流浪
也是探索中的流浪。

杰·弥尔顿·迈尔斯

无论何时那长老会的钟
被它自己敲响,我知道那是长老会的钟声。
但是当那声音混合了
卫理公会教徒、基督徒、
浸信会教徒和公理会教徒的声音,
我不能再分辨出它,
也不能从其他的声音中分辨出任何一个,或者它们中的任何一个。
正如很多声音在生活中呼唤着我
奇迹不是我不能辨别真伪,
甚至也不是,最终,那个我应该已经知晓的声音。

费思·马西尼

起初你不会知道他们的意思是什么,
并且你将永不知晓,
我们可能永远不告诉你:——
那些东西突然在你的灵魂里闪光,
像月圆之夜
雪白的云上闪烁摇曳的闪电。
他们孤独地到来,或者也许
你和你的朋友坐着,同时
谈话陷入一阵寂静,并且他的双眼
发光,不眨眼地看着你:——
你们两个已经一起看见那秘密,
他在你这看到它,而你在他那看到。
你害怕得发抖,坐着以免那神秘的东西
在你前面站住并击打你致死
用太阳般的壮丽光辉。
勇敢起来,所有拥有这愿景的灵魂!

当你身体充满活力，如同我的身体死去，
你们捕捉到一丝乙醚的气味
留给上帝自己。

斯科菲尔德·赫胥黎

上帝！叫我不要去记录你的奇迹，
我承认那些星星和太阳
以及数不尽的世界。
但是我已经度量它们的距离
称量它们并发现它们的化学物质。
我已经为空气创造了翅膀，
还有水的骨骼，
还有大地的铁马。
我已经延长你给我的视力一百万倍，
增强你给我的听力一百万倍，
我已经用言语跨越空间，
为了光在空气中把火生出来。
我已经建起伟大的城市群并开垦了山岭，
在雄伟壮观的水面上架桥。
我已经写出《伊利亚特》和《哈姆雷特》；
我已经探索你的神秘，

并且不间断地寻找你，
在失去你之后再次找到你
在疲倦时分——
然后我问你：
你想如何去创造一个太阳
和有蠕虫
在你的手指间滑进滑出的下一天？

威利·梅特卡尔夫

我曾是威利·梅特卡尔夫。
他们过去常常称呼我"梅耶斯医生"
因为,他们说,我看起来像他。
杰克·麦克奎尔甚至说,他是我父亲。
我住在代人养马的马房,
和罗杰·鲍曼的斗牛犬并排
睡在地板上
或者有时候在一个货架上。
我可以在最野性马的腿间匍匐前进
而没有被踢到——我们彼此了解。
在春天我徒步旅行穿越这国家
去找那感觉,那些我有时失去的感觉,
我不是在地球上单独存在的东西,
过去我常常迷失自我,犹如在睡觉,
通过在树林里眼睛半睁开地躺着。
有时我与动物交谈——甚至蟾蜍和蛇——

任何一只眼睛可以看进去的东西。
一次我看见一块石头在阳光中
努力尝试变成啫喱。
在四月的日子里在这个公墓
那些死去的人全部围绕着我聚集,
变得静止,像在默默祷告中的一帮教堂会众。
我永远不知道我是否是大地的一部分
带着花卉在其中成长,或者是否我在行走——
现在我知道了。

威利·彭宁顿

他们当我是弱不禁风的人,傻瓜,
因为我的兄弟们长得健壮又漂亮,
当我,年迈双亲的老幺,
只继承他们力量的残渣。
而他们,我的兄弟们,在我不曾有过的
肉体的狂怒中,被消耗殆尽,
在感官活动中追逐庸俗刺激,我不曾有过的,
被欲望的膨胀变得坚硬冷酷,我不曾有过的,
虽然他们变得有名和富裕。
而我,那个弱者,那个傻瓜,
在生活的小角落歇息着,
看见一个愿景,并且通过我很多人看见了这愿景,
并不知道它是通过我。
这样一棵树发了芽
从我这儿,从一颗芥菜籽。

村里的无神论者

你们这些不朽灵魂教义上的年轻讨论者
躺在这儿的我曾是村里的无神论者,
健谈的,好争论的,在抵制宗教的争论中咄咄逼人。
但是经过一场漫长的
咳嗽得我要死的大病
我读了《奥义书》①和耶稣的诗歌。
他们点亮了希望的火把和直觉
还有渴望阴影
带领我迅速穿越黑暗的大洞窟,
渴望不能扑灭的火把。
听我说,你们这些活在感觉中
并仅仅考虑那些感觉的人:
永生不是一件礼物,

―――――――

① 《奥义书》,古时候梵语的哲学论文。

永生是一种成就；
只有那些全力以赴去争取的人
可以攫住它。

约翰·巴拉德

在我力量的欲望里
我诅咒上帝,但是他没有注意到我:
我本来也应该诅咒那些星星。
在我最终的疾病和极度的痛苦里,但我是坚定的
并且我为我的折磨诅咒了上帝;
他仍然没有注意到我;
他撇下我让我独自一人,就像他过去经常做的那样。
我本来也可以诅咒那些教堂尖顶。
然后,当我变得更虚弱的时候,一种恐怖的感觉抓住我:
可能我已通过诅咒他疏远上帝。
一天莉蒂亚·汉弗莱带给我一束花
我突然想到要尝试去和上帝做朋友,
所以我尽量尝试去和他做朋友;
但我本来也可以尝试去和那花束做朋友。

现在我非常接近那秘密了,
因为我真的可以与那花束做朋友
通过为那花束保持我身体内的爱去接近我
因此我正悄悄靠近那秘密,但是——

朱利安·斯科特

最终

其他人的真实对于我是不真实；
其他人的公正对于我是不公平；
他们死亡的原因，于我是生命的原因；
他们生存的原因，于我是死亡的原因；
我本来可以杀死他们拯救的那些人，
并拯救他们杀死的那些人。
我看见一个神如何被带到地球，
必须表现出他看见和思考过什么，
并且不能活在男人的世界里
并且没有持续频繁的冲突
在他们中间肩并肩行动。
爬行的灰尘，飞行的天堂——
因此，哦心灵，长出翅膀的心灵，
朝着太阳向上高飞翱翔！

阿方索·邱吉尔

他们嘲笑我为"月亮教授",
作为匙河的男孩,
生来就带有了解群星的渴望。
他们嘲笑起哄,当我讲起月球上的山峰,
那令人颤抖的炎热和寒冷,
银色的巅峰旁那乌木般的峡谷,
处女座在一万亿英里开外,
以及人的渺小。
但现在我的坟墓被尊重,朋友们,
不要仅仅因为我在诺克斯学院
教授群星的知识,
而是确切地因为这个:通过群星
我布道宣讲人的伟大,
那事物格局里绝不是最次要的部分
对于处女座或者螺旋星云的距离而言;
也绝不是戏剧文学问题里最次要的部分。

吉尔法·马什

在十月下旬某天四点整
我独自坐在乡村学校校舍
在受灾田野中间道路的后面,
风的漩涡吹着玻璃窗格上的树叶,
在大炮炉的烟囱里低声吟唱着,
带着它打开的门模糊的阴影,
带着即将熄灭的火焰幽灵般暗淡的光。
在懒散的情绪中,我正在使用扶乩写字板①——
忽然,我的手腕变得不听使唤,
而我的手快速地在板上移动着,
直到"查尔斯·吉托"②这个名字被拼写出来,
那个威胁要出现在我面前的人。

---

① 扶乩写字板,小小的三角形板安装在轮子上,一支铅笔固定在上面,它被认为可以用来拼写出灵异世界的信息;今天,被称为"通灵板(碟仙)"。
② 查尔斯·吉托(1840—1882),因为刺杀詹姆斯·A.加菲尔德总统而被吊死。

我光着头从这房间起身并逃走
进入幽暗中，害怕我的这才能。
在那以后，那些灵魂聚集着——
乔臾，凯撒，坡和马洛，
克娄巴特拉和苏拉特太太①——
无论我带着消息去哪儿，——
匙河认为那不过是微不足道的废话。
你对着孩子们胡说八道，是不是呀你？
然后假设我看见你从未见过
从未听说过，没有一个词，
我必须胡说八道当你问我
我看见的是什么！

---

① 苏拉特太太，玛丽·依·苏拉特（1820—1865），因为参与谋杀林肯的阴谋而被吊死。

詹姆斯·加伯

你记得吗,过客,那条路径
　我穿戴整齐穿过那块地,那儿现在矗立着歌剧院,
　用飞快的双脚匆忙穿越许多年?
　请接受对于心的意义:
　你们也可以行走,小山后面的米勒津
　似乎不再遥远;
　很久之后你看见它们近在咫尺,
　超越四英里长的草地;
　在女人的爱情陷入沉默以后,
　不再说:"我将拯救你。"
　在朋友和亲属的面孔
　变成犹如褪色的照片以后,可怜的沉默,
　为意味着"我们帮不了你"的眼神而悲伤。
　在你不再斥责人类以后
　在联盟反对你的灵魂举起手——

它们自己不得不在午夜和正午
用目光坚定地看着他们的命运；
在你理解这些之后，想起我
和我的路径，那个在其中步行并知晓
既不是男人也不是女人，既不是辛劳，
也不是职责，既不是黄金也不是力量
可以缓解对于灵魂的渴望，
那灵魂的寂寞！

莉蒂亚·汉弗莱

来来回回,来来回回,从教堂里去了又回,
手臂下夹带着我的《圣经》
直到我头发变灰白,人变得衰老;
没结过婚,孤独地在这世上,
在教堂会众里寻找兄弟和姐妹,
以及教堂里的孩子们。
我知道他们嘲笑我,认为我怪异。
我了解高飞在阳光中鹰的灵魂,
在教堂的尖顶之上,嘲笑教堂,
蔑视我,看不见我。
但如果高空的空气对于它们是甜蜜的,
那甜蜜正如教堂之于我。
那是愿景,愿景,诗人的愿景
民主化!

勒·罗伊·高德曼

"你临终时会做什么,
如果一生中你都拒绝耶稣,
并且知道当你躺在那儿的时候,他不是你朋友?"
我说了一次又一次,我,这个信仰复兴运动倡导者。

啊,是的!但是那儿有很多很多朋友。
保佑你,我说,现在我全都知道了,
在你经过之前,你已经失去,
父亲或者母亲,老祖父或祖母
那些坚强生活着的美丽灵魂,
始终了解你,永远爱你,
不会不替你说话,
并且上帝给予你灵魂一个私密看法,
犹如只有你肉体的一部分可以如此。
那是你的手可以够到的那只手,
引领你沿着那条走廊
到那个你是陌生人的法庭!

古斯塔夫·李希特

在我的塑料大棚工作一整天后,
睡眠是香甜的,但如果你左侧睡
你的美梦可能猝然终结。
我在我的花中,在那儿某人
似乎正在养育它们进行实验,
犹如不久就会被移植
到空气更自由更大的花园。
我曾脱离肉体的视野
在一道光中,犹如它是太阳
已经漂浮起来触摸到玻璃屋顶
像一个玩具气球,温柔地喷出气体,
稀释在金色空气中。
一切都安静了,除了那壮丽
无处不在,带着
像说话声音那样清晰的思想,而我,犹如思想,
可以听到关于存在的思考,当他散步时

在盒子之间掐掉叶子，
寻找缺陷，指明价值，
用一只洞察一切的眼睛：——
"荷马，噢是的！伯里克利，好的。
凯撒·波吉亚，应该用它做些什么？
但丁，太多肥料，可能。
拿破仑，暂且离开他一会儿。
雪莱，再来点土壤。莎士比亚，需要喷雾。"
云，啊！——

阿尔洛·威尔

你是否曾看见一条美洲鳄
从泥潭里探出头,
在正午耀眼光线下漫无目的地凝视?
你是否见过马厩的马儿们在夜里
一看见灯笼就颤抖开始后退?
你是否曾走进黑暗中
当一扇未知的门在你面前打开
而你站住,它似乎,在一千支精美蜡烛的光线中?
你是否曾行走,风在你耳边吹着
那照着你的阳光
发现它由于内在的光辉突然闪耀起来?
在泥潭中出来许多次,
在许多光线之门的外面,
穿过许多光辉的田野,
那儿围绕你的脚步一种无声的荣耀播撒

像新降的雪,
你将是否穿越大地,噢强壮的心灵,
穿过数不清的天堂,
去到最终的火焰!

上校奥兰多·基利昂

噢，你们这些年轻的激进分子和梦想者，
你们这些无所畏惧的乳臭小儿
那些经过我墓碑的人，
嘲笑它没有记录我在军队里的上校头衔
以及我对上帝的忠诚！
他们没有互相否认。
毕恭毕敬地经过，严肃小心地阅读
多么伟大的人，带着挑衅的喊叫驾驭
半人马座的革命，
被刺激，被鞭打至疯狂，
带着惊骇颤动，看着海中的薄雾
覆盖他们靠近的悬崖峭壁，
并且在突然降临的敬畏中从他的脊背上摔落
去庆贺那至高无上的天主的盛宴。
被生与死的广大现实的相似感觉感动着，
并负担着犹如他们正

左右着一个种族的命运,
我会如何,一个小小的亵渎者,
卷入那个国度洪水肆虐的漂流中,
仍然是一个亵渎者,
并且是军队中的上校?

杰里米·卡莱尔

过路人，超越任何罪行的罪行
是用灵魂蒙蔽使其他灵魂失明的罪行。
超越其他欢乐的欢乐是那
你亲眼所见的善的欢乐，并明了那善
在奇迹般的时刻！
这儿我向高傲的姿态，
和尖刻的怀疑态度坦白。
但是你还记得那液体吗？盆尼维特
倒到锡版照相纸上令它们变蓝
带着一阵像山核桃树状的烟雾？
然后那图片是如何变得清晰
直到脸庞浮现就像生命？
所以你向我显现，忽视另一些人，
还有敌人也是，就像我前进时
我的脸孔对你变得越来越清晰如同你的
也对我变得越来越清晰。

我们已经准备好走到一起
并同声歌唱着人生的黎明
那是完整的人生。

约瑟夫·狄克逊

谁在我的墓碑上雕刻这破碎的竖琴?
我对你听而不闻,毫无疑问。但是有多少竖琴和钢琴
用导线接通我并为你收紧和放开,
让他们再次甜蜜起来——一边调音叉或者不?
噢好的! 一把竖琴里跳出一个男人的耳朵,你说,
但是那只耳朵哪里去了? 它按照乐曲的魅力来
安排琴弦的长度,那些乐曲穿过
一道向你那令人屏息的奇迹关闭的大门,
飞舞在你思想面前。难道人的耳朵周围没有这样一个耳朵吗?
它通过琴弦和空气柱①而感知声音的灵魂?
我颤栗我称之为音叉,触及

---

① 空气柱,铜管乐中的发音机制。

混合了从远处来的音乐和光线的波浪,
也触及穿过最大限度空间聆听思想的触角。
当然那控制我精神的和谐是一个证据,
有能力将我整个翻转
并再次利用我如果我还有利用价值。

贾德森·斯托达德

白云有如大海般在我下面波动
白云之上则是群山的顶峰。
我说那巅峰是佛陀的思想,
那座是耶稣的祷告,
这座是柏拉图的梦想,
那座有但丁的歌唱,
这座是康德,这座是牛顿,
这座是弥尔顿,这座是莎士比亚,
这是教区大教堂的希望,
还有这个——为什么所有这些巅峰都是诗歌,
诗歌和祈祷刺透了云层。
然后我说:"上帝对群山做了什么
它们升起几乎抵达天堂?"

罗素·金凯德

在我曾经了解的那个最后的春天,
在最后的日子里,
我坐在被遗弃的果园里
果园在田野那边,青葱植物闪着微光
在米勒津的小山上;
只是想在苹果树那沉思
用它严重受损的树干和枯萎的树枝,
以及娇嫩盛开的绿色嫩芽
撒开并爬满缠绕的支架,
永远结不出果实。
那儿有被垂死肉体
束缚了精神的我,感知麻木了,
仍想着青春和那青春的大地,——
这样的幽灵苍白地闪烁着盛开
满布着时光死气沉沉的枝丫。
噢大地挽留我们,在天堂带走我们之前!

我曾经只是像一棵树那样颤抖
带着春天的梦想和枝叶茂盛的青春,
然后我坠落在龙卷风里
那个将我从心灵焦虑状态中清扫出去的龙卷风
它既不是大地也不是天堂。

亚伦·哈特菲尔德

比花岗岩更好,匙河,
是你为我保留记忆画面
站在那些开荒的男人和女人前面
在康科德教堂领受圣餐日那天。
用年轻的庄稼汉破裂的声音说着
那个去了城市的加利利
那个被银行家和律师们杀死的加利利;
我的声音混杂着
来自阿特伯里吹过麦田的六月的风;
当墓地白色的石头
环绕着教堂,在夏天的阳光里微微闪烁。
那儿,虽然我拥有的记忆
太宏大以致不能忍受,是你,噢开拓者们,
耷拉着头出来呼吸你的哀伤
为了在战场上死去的儿子、女儿
和消失在生命之晨的孩子们

或者在那些不堪忍受的中午时分。
但是在那些悲剧的寂静时刻,
当红酒和面包被传递,
为我们带来和谐——
我们这些犁地人和伐木工,
我们这些庄稼汉,加利利的庄稼汉兄弟——
向我们走来的安慰者
还有火焰的舌头的慰藉!

以赛亚·贝多芬

他们说我还有三个月可活,
所以我蹑手蹑脚去到贝纳多特,
坐在磨坊旁边好几小时
那儿汇集在一起的水在深处流动着
看起来好像没有流动:
噢世界,那就是你!
你是不仅一个在河流中变宽了的地方
那儿生命俯视着,我们为她倒影了我们
而深感欣喜,所以我们梦想着
并转身离开,但是当我们再次
寻找那张脸的时候,看见洼地
和枯萎的棉花树,在那儿我们
汇入汹涌的洪流!
磨坊边那城堡一样的乌云
在那旋晕的水中嘲笑他们自己;
在夜里它的玛瑙地板之上

月亮的光芒在我眼皮下运行
在一片森林中寂静被
小山上一间小木屋里的长笛打破。
最后当我衰弱又疼痛地
躺在床上,带着关于我的梦,
河流的灵魂已进入我的灵魂,
而我灵魂里聚拢的力量正在移动
如此迅速,它看起来将会歇息在
云朵的城市下
在银色和变化的世界的球面体下——
直到我看见喇叭的一道闪光
在穿越时光的碉堡城垛上!

以利亚·布朗宁

我在大群孩子当中
在一座山脚下跳舞。
一阵微风从东方吹来,扫过它们犹如树叶,
驱使一些在斜坡上立起……全都被改变了。
这儿是飞翔的光线,神秘的月亮,梦想的音乐。
一片云彩跌落在我们之上。当它提起来的时候全部都被改变。
我置身于大群争吵的人之中。
然后一个形象在微微闪光的金色中,一个带着喇叭,
一个带着君王的节杖站在我面前。
他们嘲笑我,跳着一支利戈顿舞,完全消失了……
所有一切又都再次改变。在罂粟花的荫凉外
一个女人裸露着双乳,仰起她张开的口对着我的。

我亲吻她。她双唇的味道好像盐。
她留下血在我的双唇上。我精疲力竭地倒下。
我起身并上升得更高,但是从冰山来的一阵薄雾
氤氲了我的台阶。我变冷并且疼痛。
阳光再次流淌在我身上,
而我看见我下面的雾气全藏起来。
而我俯身,知道我自己
的剪影反射在雪上。在我之上
是无声的空气,被圆柱体的冰凌刺穿,
在这里悬挂着一个孤独的星星!
一阵狂喜的颤栗,一阵恐惧的颤栗
从我全身涌过。但是我不能返回到那斜坡上——
不,我但愿不要返回。
为自由的交响乐筋疲力尽的声波
搭接关于我的缥缈悬崖。
因此我攀登到顶峰。
我扔掉拐杖。
我触摸星星
用我张开的手。
我完全消失了。
无论是谁触摸星星,
那山峰都传递出无穷的真理。

韦伯斯特·福特

你还记得吗,噢德尔斐克·阿波罗,
在河边的落日时分,当米奇·艾姆·格鲁
哭叫着,"那儿有鬼魂,"而我,"它是德尔斐克·阿波罗";
银行家的儿子嘲笑我们:"它是光
由水边的旗帜引发,你们这些愚钝至极的傻瓜。"
从那时起,当令人厌烦的岁月滚滚向前,很久之后
可怜的米奇自水塔跌落死亡
向下,向下,穿过低吼的黑暗,我带着
随他一起毁灭的视觉影像就像火箭掉落
在大地上扑灭它的光,然后因害怕银行家的儿子而隐藏它,
请求普鲁托斯①去救我?
复仇是你为了恐惧的心的羞耻,

---

① 普鲁托斯,古希腊财神。

谁丢下我独自一人直到一小时后再次看到你
当我似乎变成一棵有树干和枝条的树的时候
越长越顽固冷酷,变成石头,还迅速抽芽
成月桂叶子,炯炯发光的桂冠主人,
颤动着,飞舞着,萎缩着,
与正死去的树干以及枝条悄悄蔓延进叶脉的麻木不仁斗争!
这是徒劳,噢青春,飞向阿波罗的召唤。
投掷你自己到火焰中,伴随着春天的歌死去,
如果要死去必须是在春天。因为没有任何人将活着
看到阿波罗的脸,你必须
在火焰中的死亡和经年哀伤的死亡之间选择,
在大地中快速生根,感受那只阴森的手,
它与其说是在树干里,不如说是在可怕的麻木中,
它慢慢朝着那除非你倒下否则绝不会
停止繁茂的月桂叶伸去。噢我的叶子
对于冠状的花环来说太干枯,而独独合适
记忆的骨灰瓮,宝贵的,也许,如同
心灵史诗的主题,无畏的歌唱者和生活者——
德尔斐克·阿波罗!

匙 纪

已故的乔纳森·斯威夫特·萨默斯先生,匙河授以桂冠的诗人,酝酿中的宏大史诗《匙河》预计由二十四部书构成,但不幸的是,诗人甚至没有活到完成第一部书。这些片段由威廉·马里恩·雷迪在他的笔记中找到,一九一四年十二月十八日第一次刊于《雷迪的镜子》。

由于约翰·卡巴尼斯的震怒,由于
敌对政党的冲突,以及他领导民众
追求匙河自由事业的悲惨落败,
以及带来无数困境的罗兹银行的倒闭
造成很多损失,进而造成憎恨
那憎恨迸发成无政府主义者手中的火把
烧掉法院,在熏黑的残骸上
一座公正的圣殿在上升,进步在确立——
歌唱,冥想,照亮凯奥斯岛人面带微笑的脸庞,

谁看见蚂蚁般的希腊人和特洛伊木马缓慢爬行
越过城墙,追击
或者其他追讨,还有葬礼用的柴堆
还有神圣的百牲大祭,还有第一次由于
成为帕里斯心上人逃到特洛伊的海伦;
还有珀琉斯儿子的震怒,
颁下神谕给失去的克律塞伊斯,可爱的
战争的宠溺,还有最亲爱的情妇。
       先说,
你的夜之子,叫做莫墨斯,在他的双眼里
没有秘密隐藏,还有塔利亚,微笑的这个,
什么滋养了枯萎的托马斯·罗兹和约翰·卡巴尼斯
这致命的斗争?他女儿弗罗西,她,
和一大群闲散游逛的演员
从流浪中归来,在乡村街道上散步,
她的手镯叮当响,戒指闪闪发亮
毒蛇般智慧的言辞和
眼睛里狡黠的微笑。然后托马斯·罗兹,
这个统治教堂也统治银行的人,
他对女仆的侵犯广为人知;
全匙河都窃窃私语,所有教堂里的

眼睛都向她蹙眉头,直到她知道
他们害怕她所以谴责她。
    但是他们去蔑视
她在维奥尔琴和长笛伴奏下
跳一段从皮奥里亚和众多青春那带回的舞蹈,
但是稍后通过祈祷
狂热的传教士和诚恳的灵魂得以重生,
毫无顾忌地跳舞,并在舞蹈中追求她,
她穿了一条低胸裙子,眼睛
向下窥探可以一览雪白的乳沟
直到它迷失在白色中。
    伴着那舞蹈
村庄从昏暗忧郁变得欢愉。
那女帽制造商,威廉姆斯太太,无法完成
新帽子的订单,而每个女裁缝
娴熟地穿针引线制作礼服;老旧的汽车行李箱
和大木箱为了装店里的蕾丝被打开
戒指和小饰品从隐匿处取出
而所有年轻人挑剔礼服的制作;
纸条传递着,在许多人敲响某人门的夜晚
闻到一阵香味,漫步的爱侣挤满
可以俯视河流的小山。

然后,因为那慈悲的座椅有了空位,
上帝拣选的子民之一抬高他的声音:
"巴比伦女人就在我们之中;起来,
你们这些光的儿子们,驱使那荡妇向前!"
所以约翰·卡巴尼斯离开教堂,离开
法律的主人,通过愤怒的扫视用他的眼睛下命令,
然后他的宽宏大度令他
受拥戴成为市长候选人
并彻底击败艾·迪·布莱迪。
      但是当战争
因为选举狂热地发动起来而关于银行的谣言流传,
还有那巨额贷款
罗兹的儿子已经用来填补小麦生意的损失,
同时很多人取走他们的储蓄,留给
罗兹的银行更多亏空,伴着
另外那家很快被特许的银行的,
自由主义者之间的那场谈话,看哪,那泡沫破灭了
中间的哭喊和诅咒;但是自由主义者笑了
在尼古拉斯·班度的大厅中举行了
智慧的交谈和振奋人心的辩论。

在一个台子上高高地俯瞰那些椅子
数十人坐着,并且那儿乱画的瞪眼睛的
莎士比亚,酷似克里斯丁·多尔曼里
那个雇工,皱眉头和山羊胡子,
在一个土褐色帷幕前的舞台上向外凝视,
坐着哈蒙·惠特尼,对着那些
通过黄段子和狡猾积蓄美名的显贵,
以及反叛者的乌合之众,因此他说:
"无论是否怠惰躺倒并听凭一个小集团
冷酷无情,诡计多端,饥饿,唱着赞美诗,
吞噬我们的财富,毁坏我们的银行,吸干
我们为了防灾在小麦或者猪肉的价格上的小小积蓄,
还是畏缩了在阴影之下
那个竖立起来去抑制走狗们产生的
尖塔的阴影,或是基于贪念为银行助理
服务,那就是个问题。
我们应该有音乐和欢乐的舞蹈,
或者敲响的钟声吗?或者年轻的浪漫主义者应该徜徉漫步
在这河边的小山上,现在绽放

给四月的眼泪吗,还是他们应该坐在家里,
或者在托马斯·罗兹可能看见的地方玩门球呢,
我问你们?如果青年的血流光
而骚乱反抗着这个黑暗的政权,
我们应该为这些年轻人和女佣
贴上浪子和荡妇的标签吗?"
         之前
他的话被当做一个女声的"不!"
然后响起一把椅子移动的声音,正当
那数不清的猪跑过满满的食槽;
并且每只头都被转过来,当一大群
雌鹅往回飞走,因猎人的脚步
用拍动的翅膀升起;然后用喧闹狂乱的笑声
震动礼堂,因为破损的帽子
歪斜地戴在她粗俗的头上,而挑衅的拳头
举起,黛西·弗雷泽站起来。
她急速大声叫骂着从礼堂出去
拯救温德尔·布劳埃德,那个为妇女权益发声的人,
阻挠着,还有伯查德痛苦咆哮的声音。
然后在中间鼓掌时她赶紧走向那台子
粗暴地将金子和银子都扔给肇事者

迅速离开礼堂。
    同时站起来
一个巨人，胡子长得像
阿尔克墨涅的儿子，厚实的胸膛，圆圆的啤酒肚，
说话像打雷："在那边看见
一个为真理反抗他妻子的男人——
这是我们的精神——当那个艾·迪·布莱迪
强迫我去清除了佩德罗阁下——"
        迅速地
在吉姆·布朗可以结束之前，杰佛逊·霍华德
获得那块地板，说："我将为滑稽的言辞去适应那时间，
而微不足道的事情正是我们的事业
如果零风险除了约翰·卡巴尼斯的愤怒，
昔日曾处于另一阵营的他
因为复仇投奔了我们。
比新英格兰或是弗吉尼亚的胜利更多危险。
不管朗姆酒是否被出售，或是为了两年
就像过去两年里，这小镇存在干旱
问题但并不严重——噢是的，人行道
和下水道的收益；那已经足够！

我向上帝祈祷这场争斗现场被

其他激情所启发而不是去宽慰

约翰·卡巴尼斯或者他女儿的骄傲。为什么

永远不能辩论伟大的时刻起源于

有价值的事物,而不是小东西?仍然地,如果男人们

必须总是表现成这样,而如果朗姆酒必须是

那符号以及释放压力的媒介

从生活的剥夺和奴役中去释放,

那么给我朗姆酒!"

      狂喜的喊叫响起。

然后,当佐治·特林布尔克服他的恐惧

和犹豫不决,开始说话,

那扇门嘎吱响了,白痴威利·梅特卡尔夫,

气喘吁吁没戴帽子,脸色比纸还要苍白,

走进来叫道:"警察局长正在路上,要来拘捕

你们所有人。如果你们只知道

明天谁正打算来这儿;我正在

窗下偷听,另一阵营

正在那儿制定计划。"

      所以去往一个更小的房间

去倾听那白痴的秘密,一些人被主席挑选出来

撤退了；主席他自己
和杰佛逊·霍华德，本杰明·潘尼特，
温德尔·布劳埃德，佐治·特林布尔，亚当·魏劳赫，
伊曼纽尔·厄恩哈特，赛斯·康普顿，戈德温·詹姆斯，
伊诺克·邓拉普，海勒姆·斯凯茨，罗伊·巴特勒，
卡尔·汉布林，罗杰·赫斯顿，欧内斯特·海德，
还有盆尼维特，那艺术家，金西·基恩，
还有依·C.卡伯特森和富兰克林·琼斯，
本杰明·弗雷泽，本杰明·潘尼特和黛西·弗雷泽的儿子，这些所知甚少的人，
秘密商议。

      但是在礼堂里
骚乱横行，当警察局长来到
发现如此状况，他拖走那些流氓
把他们铐起来。

      同时在一个房间里面
在教堂地下室后面的房间，与布莱迪一起
那些最有智慧的头脑商议着。首先是在生活中

深入学习的萨默斯法官，下一个是艾略特·霍金斯
和兰伯特·哈钦斯；下一个是托马斯·罗兹
和温登编辑；下一个是盖瑞森·斯坦德，
一个自由主义者，他嘴角带着
微微上扬的微笑和一丝辛辣的嘲讽：
"关于对女人的侮辱竟有如此冲突——
一个十八岁的女孩"—— 克里斯汀·多尔曼
也是，
而其他的并未记载。还有一些人
对于不在奖杯上留名皱眉，由此憎恨
民主制度达到的，它所象征的
生命的自由及肉欲。
现在雪白手指指向天空的黎明
像一个橘子般被扔出来的
红彤彤的太阳，匆匆忙忙从他们床上
倾注敌对力量，还有街道上
回响着车辆的咔嗒咔嗒声，
去集合那些拖拉的投票者，
还有指挥战役的首领的叫喊。但在十点整
那些自由主义者欺诈地咆哮着，在投票地点
竞争对手的候选人嗥叫，打了起来。
然后验证那白痴的故事那关于昨天夜里

警告的言语。突然猪眼亚伦
在街道上走着，恐吓那些
观望着贝纳多特十英里外被移除的小山。
在这个堕落的日子里无人可以提起
他甩扔的大圆石头，而当他说话
那些窗户咯咯作响，在他眉毛底下，
像一个竖立着黑色毛发的茅草屋，
他的小眼睛闪闪发亮像发疯的种猪。
当他走路时木地板嘎吱响，当他走路时
一首危险之歌在低沉地轰鸣。这样他来了，
艾·迪·布莱迪获得冠军，被指派
去恐吓那些自由主义者。许多人逃散了
如同一只鹰隼翱翔在鸡窝上空。
他路过投票点，用一只手开玩笑地
触碰布朗，那个巨人，而他跌倒了，
仿佛他是个孩子，那堵墙；那么强壮的
是猪眼亚伦。但是那些自由主义者微笑了。
因为一会儿当猪眼亚伦走过来，
合着他的脚步步调走动着本格尔·麦克，由金西·基恩
带进来，那个轻微弱智的人，
与猪眼亚伦配对。他几乎是

其他人块头的四分之三，但是他的手臂如钢铁，
并有一颗老虎般的心脏。以前他杀死过两个男人
许多人被他打伤，
不惧怕任何人。
　　　　　但是当那猪眼人
看见本格尔·麦克，他的脸色一沉，
双眼通红，眉毛狂怒地抽搐着，
他更低声又有力地唱着那歌。一圈又一圈
他在法院房子里踱步，被本格尔·麦克
暗中跟踪，那个嘲笑他步伐的人：
"来吧，大象，打架吧！来，猪眼懦夫！
来吧，面向我，和我打架吧，步伐笨拙的告密者！
来吧，肥壮的欺凌者，打我吧，如果你能！
拿出你的枪，你这笨蛋，给我理由
去拖拽宰了你。拿出你的警棍；
我将用一块砖敲碎你这种猪的脑袋！"
但是那猪眼人没回一个字
除了践踏那法院的房子，后面跟着
成群男孩，所有人在围观。
他们整日在那广场上闲逛。但是当阿波罗
勉强站起，在小山上看着

像是不得不看到最后,并且所有选票
都已投,所有投票点已关闭,在特雷纳药店
门前本格尔·麦克,用回响在村庄里
的音调,嘲讽地嚎叫着:
"谁是你妈,猪眼?"在一瞬间,
当一只野猪转向猎犬
越过八月天茂盛的荆棘
用它的牙齿咬伤他,那猪眼人
带着他巨人般的手臂冲向本格尔·麦克
扼住他的咽喉。然后男孩们惊恐的叫喊声
直通天庭,男人们嚎叫着
冲向大街。本格尔·麦克
在这路上挣扎着,由于缩着脑袋
好像他的脖子变短了,弯下腰
去挣脱猪眼人致命的紧扼;
扭转在咽喉间的愤怒和快耗尽的力量
他的双拳反击着猪眼亚伦
刀枪不入的胸膛。当一些人进来
劝架,其他人则让他们打,打斗
广泛蔓延开;许多英勇的灵魂
在击棍和砖头下倒下。
但是告诉我,缪斯,

什么男神或女神拯救了本格尔·麦克?
最后一下,用强而有力的挣扎他抓牢
那蓄意谋杀的双手并且转而踢他的仇敌。
然后,犹如被闪电袭击一般,全都消失了
从猪眼亚伦的那些力量,在他的一边
巨人的手臂疲软地垂下,而他的脸
惊恐地变得苍白,痛苦的汗水蔓延。
那些强大的膝关节,不可战胜但晚了,
被他的重量压得颤动。当那狮子迅速地
在它受伤的猎物上跳跃的时候,本格尔·麦克
用一块石头重击他仇敌的太阳穴,
然后他沉重地倒下,双眼发黑
像一块乌云掠过。

    犹如在一个夏日
当那伐木工放倒高大橡树的时候
森林里所有歌唱者尖叫,
还有一只大鹰隼,它未离巢的雏鸟
在最高的枝条间呱呱叫着,当橡树坠毁
它长满树叶的枝条穿过邻近橡树纠缠的
树枝,于是那猪眼人倒下
在艾·迪·布莱迪朋友们的耶利米哀歌中。

就在那时,四个健壮的男人
盯着镇警察局长,在他铁青色脸上
死亡一般的紫色棺材柩衣已经放下,
在去特雷纳药店路上,被杰克·麦克奎尔枪击。
然后"凌迟他!"的叫声响起,
听到从各处跑来的脚步声
俯视着

终　曲

（匙河的墓园。在一块与各种寓言相关的恶魔及天使形象装饰的屏风后面，听到两个声音。若隐若现的灯光通过屏风昏暗地呈现着，犹如它是树叶、树枝及影子的编织物。）

第一个声音：来一盘跳棋？

第二个声音：呃，我无所谓。

第一个声音：我移动意志。

第二个声音：你在下盲棋。

第一个声音：那么这是灵魂。

第二个声音：被意志吃掉。

第一个声音：永恒的善行！

第二个声音：永恒的厄运。

第一个声音：我快速到了王行 [①]。

[①] 王行，西洋跳棋对方底线是王行。

第二个声音：你省省吧。

第一个声音：我正移动生命。

第二个声音：你被死亡吃掉。

第一个声音：非常好，这个是摩西。

第二个声音：这是犹太人。

第一个声音：我下一着是耶稣。

第二个声音：给你圣保罗！

第一个声音：好的，但圣人彼得——

第二个声音：你可能有先知——

第一个声音：你在王行了——

第二个声音：和君士坦丁一起！

第一个声音：我将回到雅典去。

第二个声音：那么，这是波斯人。

第一个声音：好吧，《圣经》。

第二个声音：现在祈祷，什么版本？

第一个声音：我拿上佛陀。

第二个声音：它将永远不会起作用。

第一个声音：从角落里的穆罕默德来。

第二个声音：我移动土耳其人

第一个声音：这盘棋变得很胶着；我们现在下到哪儿了？

第二个声音：你们在想要这个世界。我到了王行。

  如你所愿，如果我不能摧毁你

我将阻挠你，折磨你，击溃你，吃掉你的子。

第一个声音：我累了。我将派我的儿子继续下。

我想他可以最终打败你——

第二个声音：呃？

第一个声音：我必须去星际大会做主持。

第二个声音：非常好，我的主人，但是我谨提出

我将会亲自关注这盘棋。

第一个声音：真是一场游戏！但真理是我探索的。

第二个声音：被打败了，你带着一个笑话轻松离开。

我敲打着桌子，我撒播那些跳棋。

（倒掉的桌子发出短促剧烈撞击的咔哒声，棋子飞洒在一片地板上。）

啊哈！你们这些军团和铁甲舰，

在一场大灾难中的种族和国度——

现在为了无神论的一天！

（那块屏风消失了，同时魔王别西卜①拿着一支喇叭走向前，隐约地吹着。火神洛基②和瑜伽派因陀罗

---

① 别西卜，《圣经》中的鬼王，弥尔顿长诗《失乐园》中地位仅次于撒旦的堕落天使。
② 洛基，北欧神话冰霜巨人的后裔，火神，性情乖戾，常与其他神争吵不和，惹是生非。

神从夜晚的阴影中现身。)

别西卜：晚上好，洛基！

洛　　基：你也一样！

别西卜：你好，瑜伽派因陀罗神！

瑜伽派因陀罗神：我也向你问候。

洛　　基：你从哪里来，朋友？

别西卜：从那远处的屏风处。

瑜伽派因陀罗神：你们在干什么？

别西卜：激起他的怒气。

洛　　基：你怎么做到的？

别西卜：我惹怒它

　　　　在一局跳棋游戏里。

洛　　基：太好了！

瑜伽派因陀罗神：我想我听到一场争斗的声音。

别西卜：毫无疑问！我让那跳棋哗哗响，

　　　　打翻桌子并且将木头片

　　　　撒播得像军队在追赶。

瑜伽派因陀罗神：我有一个游戏！让我们制造一个男人。

洛　　基：我的网正在等着他，如果你可以的话。

瑜伽派因陀罗神：这是我用来捉弄他的镜子——

别西卜：神秘、虚伪、信念和神话。

洛　基：但没有人可以模制他，朋友，除了你。

别西卜：然后不费更多力气去玩那游戏。

瑜伽派因陀罗神：在它长大之前赶紧工作。

别西卜：我设置它像我。哪里有黏土？

（他用他的双手刮削那些泥土并开始制模型。）

别西卜：从尘土中来，

　　　　从泥浆中来，

　　　　一点点铁锈，

　　　　还有一点点生石灰。

　　　　肌肉和软骨，

　　　　黏蛋白，石头

　　　　用杵猛击，

　　　　脂肪和骨头。

　　　　从沼泽中来，

　　　　从穹顶中来，

　　　　物质粉碎了

　　　　气体和盐

　　　　你们叫做念头的东西，

　　　　掠过，漂移着，苍白的和盲目的，

　　　　沼泽地的灵魂骑着那风？

　　　　杰克南瓜灯[1]，你在这里！

---

[1] 杰克南瓜灯，指用空心南瓜刻成的人面形灯笼，用于万圣节装饰。

梦见天堂，一棵星星的松树，

来来回回追逐着你的兄弟们，

最终你将走的时候回到这沼泽来。

赫噜！赫噜！

山　谷：赫噜！赫噜！

（别西卜积攒的泥土出现一个颅骨。）

别西卜：旧神①，旧神。

现在在我破坏你之前

碾碎你并用你的

黏土为我所用。

让我观察你

你是冒冒失失的那一个

压平你的穹顶，

增重你的基座，

弄错你的家，

你的脸部表情强烈夸张，

陌生于所有恐惧。

仍未做你的发型

那隐藏着你的发型。

---

① 旧神，旧神是整个克苏鲁神话系统中最为强大的存在，远远超越了人类所谓的善恶之分，人类也不可能理解它的意志。

现在重新鼓起你的精神——

（他在他的双手之间碾碎那颅骨，重新用黏土混合它。）

现在你是尘土，

石灰石和铁锈。

我塑模我搅拌

再次制造你。

山　谷：再次？再次？

（以同样的方式别西卜造型了几个塑像，将它们靠着树放。）

洛　基：现在为了生命的呼吸。就如我记得的

你已经首先正确塑造你的作品，

并且使他们站立起来。

别西卜：从地心引力中

我制造意志。

瑜伽派因陀罗神：从感觉中来

得到他的弊端。从我的镜子中

弹跳出他的错误。

谁如此残忍

使他变成我

巫婆的奴隶，

而你是那个捕捉他思想的阴谋者，

无论他干什么，无论他追寻什么？
带着意志和思想的
双重性，
一个可以看见的东西，和一样盲目的东西。
来吧！我们舞蹈！憎恨他的一些东西
使我们超越他，因此是他的宿命。
（他们携手跳舞。）

洛　基：激情，理性，习俗，准则，
教堂的信条，学校的学问，
玷污灵魂的血液和力量。
肉体太孱弱对于意志的控制；
贫穷，富有，出生的骄傲，
恸哭，大笑，在大地之上，
我再次抓到你，
进入我的网，你们这些人之子！

瑜伽派因陀罗神：看我的镜子！它是不是很真实？
你现在想什么，你什么感觉？
金子的财富在堆积；
葡萄酒在节日的杯子里。
盛放的卷须藤蔓，变成鞭子，
爱上她的双乳和猩红的双唇。
在他们的鼻孔里呼吸。

别西卜：谬误的呼吸，

　　　从虚无中来进入死亡。

　　　从模具中来，从岩石中来，

　　　奇迹，嘲笑，悖论！

　　　展翅高飞的精神，奴颜婢膝的肉体，

　　　在圈套里下诱饵，撒开那张网。

　　　给他饥饿感，用真相吸引他，

　　　给他鸢尾花青春的希望。

　　　饿他，羞辱他，把他扔下来，

　　　在小镇的漩涡里旋转。

　　　毁坏他，让他衰老，直到他诅咒

　　　宇宙的白痴脸孔。

　　　一次又一次我们混合那黏土，——

　　　今天活着的是什么尘土。

三魔头：这样低语出生的混乱将

　　　飞快地，飞快地转啊转。

别西卜：（挥舞他的喇叭。）

　　　你们活了！离开！

塑像之一：多么陌生和新鲜！

　　　我是我，另一个人也是。

另一尊塑像：我曾是一片阳光雨露的叶子，但是现在这些渴望是什么？

另一尊塑像：在大地之下

我曾经是一棵被大地磁力翻倒

吸引向下的幼苗——

另一尊塑像：而我曾是紧紧被抓在

花岗石里的电子元素，

现在我想一下。

另一尊塑像：噢，多么孤独！

另一尊塑像：我的双唇给你。通过你我找到了

由于爱情猜忌引起的某些孤独！

别西卜：滚开！不，等下。我想起了我，朋友们；

让我们演一出戏。

（他挥舞着他的喇叭。）

去往那边的绿色房间。

（那些塑像消失了。）

瑜伽派因陀罗神：哦，是的，一出戏剧！非常好，我认为。

但谁将会是听众？我必须到处

扔出幻想。

洛　基：而我必须转换

那舞台布景，缠结那剧情。

别西卜：那么，所以你必须的！我们的有些观众将

从远处的坟墓来。

（他比之前大声了一点吹起他的喇叭。场景更换了。一个舞台在坟墓之中升起。那幕布降下来，隐藏起刚刚被创造出来的创造物，被幽灵般的灯光照亮了一半。别西卜站在幕布前面。）

别西卜：（一阵异常轰鸣的喇叭声。）

呜……！

（马上那儿有一阵犹如被风搅动的蚂蚱壳的沙沙声，那些在诗集中出现过的人们，匆忙朝着喇叭的声音走过去。）

一个声音：加百列！加百列！

许多的声音：审判日！

别西卜：安静点，请劳驾

至少待星星和月亮落下。

许多的声音：拯救我们！拯救我们！

（别西卜在观众之上伸出双手，用一个感谢和恢复秩序的手势。）

别西卜：女士们先生们，谢谢你们关注

我对这场戏剧的阐述。

我提升你们对幻象的理解力，

并分析这机构的部件。

我的心情是我非常不愿去欺骗你们，

虽然仍然有一个骗子和它的父亲,
从判决的脆弱我将收回你,
尽管虚伪是我的艺术,尽管我爱它。
下沉到我升起的根源的居住地,
人类哀伤的根在无边延展。
我长久地注视他们吸取那
黏土中因腐烂死亡而变得更加肥沃的力量。
这儿有一朵盛放的花朵,这儿有一个扭曲的茎秆,
这儿有在它成熟前酸涩的果实;
这儿有匍匐蔓延越过人行道的一片植物,
给绿色小青虫的食物,它变得滑溜溜。
带着栓皮果心的红润苹果
从一个空洞里悬吊的一个根系弹跳着,
既不是熟练的耕种也不是艰苦的工作
可以拯救这棵迅速开裂扭曲的树。
但为什么那明亮的旱金莲难得开花
可那些吃它的昆虫却成倍
繁殖和生长,并且恰恰就在
有叶脉的叶子疯长和花朵盛开的时候?
为什么一棵漂亮的树,在迅速成熟的时侯,
变成布满甲鳞的弯曲枝桠?

为什么这棵青春时期没有被信任的树
繁盛并结果,当它的所有伙伴都失败?
我在大地下看见许多。我了解那土壤。
我知道模具哪儿沉重哪儿轻薄。
我看见阻挠耕地人辛勤劳作的石头,
牧师称之为罪孽的扭曲根系。
我知道所有秘密,甚至了解核心,
什么样的幼苗将会被毒害,憔悴或者被戴上桂冠;
它不能改变,不管那田地被怎样彻底改变。
男人是他的品格,而那就是魔鬼的道德。
所以带着这接踵而来的戏剧之灵魂
他们在土壤的种子中弹跳着发芽。
在魔鬼的圆形天幕中注视着他们,
而他们所有价值显现在适合的光线中。
现在轮到我的任务:我将举办一个有关
混合各种精神成分的展览。
(他挥挥手。)
过来,熔炉,执行你的魔法任务,
过来,重新创造的火焰,在它附近盘旋!
我将制造一个心灵,或者演示怎样制造一个。
(他再次挥挥他的魔杖。斑驳的火焰出现。)
这是那个你将很快看见的女人!

(一朵红色的火焰出现。)

这狂热的火焰使整个世界恐惧:

它是一个啃骨头的士兵的祸害。

他女儿厌烦了淑女行径,

在三十九岁死于淋巴结核。

她是一个甜点般诱惑的尤物,

她的性魅力无人可及。

(一朵紫色的火焰出现。)

看哪!这意味着贵族血统

重回到法兰西荣耀的世代里。

(一朵蓝色的火焰出现。)

这就是那意志,那反方向拉紧

她父亲奋力反抗的锁链直到他的头发变得灰白的
意志。

哀伤和失败使他的本性变冷,

他从没爱过那个表现出痛苦的孩子,

也因此她那为了黄金

带进这骄傲世界的激情,同时也携带着孤独。

人类的心从它降生的挨饿

转向粗俗的财富,那是平庸。

如此抱负堕落填充了大地

苦难和痛楚得以增长的热带雨林。

凯尔特人的，高卢人的火点燃我们的巾帼英雄！
勇敢的，残酷的，激情的和骄傲的。
虚伪的，图谋复仇的，狡诈的，不畏惧原罪。
一个常常流血的头颅，但不会低下。
如果她现在碰到一个男人——假设是我们的英雄，
她的性格将与他混战又与他混合，
犹如她是她的博尔吉亚① 对他的尼禄②，
它看起来像撒旦的一个小把戏！
然而，它必须是。这个世界伟大的花园
不全是我的。我只播种稗子。
小麦应该具备免疫力，否则那守望者
应制止他们进入这个世界的事务中。
但对于我们的英雄！在他出生很久以前
我知道什么将驱逐及吸引他。
这样灵魂的数学，图表或者刺形符，
我能在事实前预测。
（一朵黄色的火焰出现。）
这是在果园里的祖先的不忠
反对和他天生一对的一个女仆。

---

① 博尔吉亚，西班牙十五六世纪一权门宗族，曾两代有人出任教皇。
② 尼禄，古罗马暴君，公元 37—68 年。

(血红的火焰出现。)

这是他的记忆心神恍惚及折磨，

因为她在憎恨而用憎恨标注了那孩子。

我们巾帼英雄的老祖宗是那女仆的表亲——

但是我们的男人和女人没有任何人知道。

这个孩子，早晚会有一打情人，

然后嫁给一个正直和真正的绅士。

就这样我们的影响有了双重天性：

他一半是坏的，另一半是好的。

那魔鬼必须耗尽他的命名术语

去使这个谜语被正确理解。

但是当我们的英雄和我们的巾帼英雄相遇时

他们立即互相吸引，排斥感

被隐藏在激情下面，带着她的网

那在你感到嫌恶之前必须纠缠的网。

那些病毒进入士兵的血液，

那果园的鬼魂，在他们之间那未知的亲属关系，

我们英雄的母亲的情人们围绕着他们站立着，

阴影微笑着去看宿命如何安排他们。

这一对承诺着婚誓并结婚，那是一出戏。

然后那悲剧的特质升起并加深。

他是一个温柔的丈夫。当那

从果园狡猾地悄悄潜入的大毒蛇离去的时候。
我们的巾帼英雄,生来灵魂就一点都不忠诚,
挑选着知识的水果——离开生命之树。
她幻想转往法兰西堕落的皇室,
很快忘记作为妻子的职责。
你知道剩下的部分,到目前为止那所关心的,
她被揭发,她丈夫杀了她。
他失去理智,为她抛弃的爱情。
他珍视她如他之所有——他了解的她是多么少。
(他挥舞着魔杖,展示着一个男人在一个监仓中。)
现在他坐着被判绞刑——
他不能去讲述他的故事——他是哑巴。
爱情,说着你的诗歌,是一种圣洁的优雅,
我称它是煎熬和牺牲。
那用手指着的法官说,"你杀了她。"
那么,他也是这样做的——这儿有说明;
但他不能给出。我,这个戏剧的编纂者,
向你们展示各种各样的真相和他们的关系。
(他挥舞他的魔杖。)
现在,开始了。那幕布正升起,
他们在一个布满鲜花的草地的茶会上遇见。
公平,不是吗?他们的心灵是多么甜蜜地搅动——

作者将这出戏命名为"拉奥孔。"
一个声音：只是一个大地的梦。
另外一个声音：带着我们已经做了的。
　　一颗彗星的一闪
　　在大地的溪流之上。
另一种声音：一个梦两次移开，
　　一个大地上可怕幻觉的
　　鬼一般的迷魂。
一个远远的声音：这些是鬼魂
　　从那孤独凄绝的海岸来。
　　你将会走向它们吗？
　　或只是追赶它们。
　　无论被奉为神明的
　　在你心中的是你。
　　在一处没有风的地方，
　　在湿气之外，
　　你们如路灯。
　　火焰状的热望，
　　对于我孤独的真相，
　　生命与火。
　　（别西卜，洛基和瑜伽派因陀罗神消失了。那幻境渐隐。那儿死人似乎已经聚集，只有大量叶子出现。那儿犹如黎明的曙光。春天的声音。)

第一个声音：春天来了，冬天离去，
　　　　她从沉睡中醒来，无忧无虑地舞蹈。
　　　　太阳正返回，
　　　　我们完成了警报，
　　　　大地抬起她的脸庞炙热地，
　　　　拥抱在他的双臂中。
　　　　太阳是一只
　　　　围护在他的幼鸟上的雄鹰，
　　　　大地是他的婴儿
　　　　在其中他已经投进
　　　　种子生命的火焰，
　　　　在盛开的渴望中，
　　　　直到火焰变成生命，
　　　　生命变成火焰。

第二个声音：我溜走我消失，
　　　　我挡住你的视线；
　　　　我潜水我攀爬，
　　　　我变化我飞翔。
　　　　你拥有我，你失去我，
　　　　那个完全拥有我的人，
　　　　现在找到我并利用我——

我在这儿在一间牢房里。
第三个声音：你在一间牢房里？
噢，现在为了一根
用来卜卦你的棒子——
第二个声音：不，孩子，我是上帝。
第四个声音：当雾气从它们的雪床上升起，在小山之下，
在它们睡的由石头垒砌的小小空间中，当冰柱统治的时候，
四月的微风迅疾掠过林区，说着："履行！
去叫醒土壤覆盖的根系——春天再次来临。"
然后太阳欢腾，月亮祥和，还有声音
让那银色的影子从它们的睡梦中抬起那些花朵。
一股热望，热望进入我哀伤的心，我的心在对一张
阳光照耀的脸短暂一瞥中重新高兴起来，还有她闪光的发丝。
我起身，数小时独自沿着小河边蜿蜒的路径，
捕猎着一束消逝的光线，以及开心的安慰。
你引领我去哪儿，狂野的人，永远无休无止？
走过小山，走过小山，下去到安眠的草地。
太　阳：通过那一亿英里深度的寂静太空
加速了我的灵魂，无声的雷声，从燃烧的天琴座

而来撞击着。

在我的双眼之前,那些行星旋转并以一个宇宙纵列行进,

我不过是在一场辽阔的欲望中被举高的粉尘中发光的微粒。

什么是服从于我的那个宇宙——我自己被强迫去服从

在一条没有尽头的小径上,一股抓着我并旋转我的力量?

那儿有称我为伟大的孩子们,生命和白昼的给予者的,

我自己也是一个为生命哭泣的孩子,不知道我该去往何方。

万亿个太阳在我之上,犹如夜晚的窗帘

被悬挂在创造之火前面,穿过编织的布料发着光,

每个都带着它的星球还是星球更多星球为了光向上叫喊着,

每个星球被吸引到它的航道,朝向什么?——犹如蜡烛吸引着灯蛾。

银　河:无尽的行星轨道,

生命从未终结,

无边的力量。

一个声音：你是上帝吗，
　　　　不是和平却是一把剑。
　　　　不是心的欲望——
　　　　曾经渴望。
　　　　敬拜你的力量，
　　　　征服你的时刻，
　　　　睡眠但不是不斗争，
　　　　如此你将活着。
无尽的深处：无尽的法则，
　　　　无尽的生命。